내 인생이 어때서

내
인생이
어때서

초판 1쇄 인쇄 2019년 11월 20일
초판 1쇄 발행 2019년 11월 30일

지은이 고하자
취재·구성 유희경, 고아라
펴낸이 김남전

기획 박혜연 | 편집 디자인 렛츠북
마케팅 정상원 한웅 정용민 김건우 | 경영관리 임종열 김하은

펴낸곳 ㈜가나문화콘텐츠 | 출판 등록 2002년 2월 15일 제10-2308호
주소 경기도 고양시 덕양구 호원길 3-2
전화 02-717-5494(편집부) 02-332-7755(관리부) | 팩스 02-324-9944
홈페이지 www.ganapub.com | 이메일 ganapub@naver.com

ISBN 978-89-5736-028-6 (03810)

내 인생이 어때서

고하자 | 지음
유희경, 고아라 | 취재·구성

목차

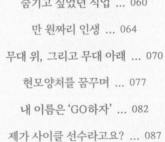

 너무
늦은
나이에

요즘 부모들은 무척 현명합니다. 아이의 재능을
일찌감치 발굴하려고 모든 열과 성을 다하지요. 축구
선수를 꿈꾸는 아이, 아이돌을 꿈꾸는 아이, 프로게이
머를 꿈꾸는 아이….

세 살이든 네 살이든, 아니 그보다 더 어린아이
때부터 재능이 보인다 싶으면 극성맞다고 할 만큼 열
정을 보이는 요즘 부모들. 그런 부모를 보면 자식에 대한 그들의 열정이 부럽고, 또한, 그런 부모를 둔 그 아이들이 부럽습니다.

방송에도 그런 아이들의 재능을 발굴해주는 프로그램이 많더군요. 아이가 테스트를 위해 무대에 서 있으면 부모는 더 긴장한 모습으로 지켜봅니다. 두 손을 모으고 아이를 위해 기도하죠. 그리고 잘한다고 하면, 아이보다 더 감격하고 기뻐합니다. 아이가 좋아하는 일을 빨리 찾아 그 재능을 일찌감치 키워주고 평생그 일을 즐겁고 재밌게 하면서 살아갈 수 있도록 해줄수 있다면, 이보다 더 행복한 일이 어디 있을까요?

공자님도 일찍이 논어에서 말씀하셨습니다.

"지지자(知之者) 불여호지자(不如好之者), 호지자(好之者) 불여낙지자(不如樂之者) 아는 사람은 좋아하는 사람만 못하고, 좋아하는 사람은 즐기는 사람만 못하다."라고.

어디 공자님뿐인가요?

미국의 토크쇼 진행자 오프라 윈프리도 어느 대학 졸업식에서 이런 비슷한 말을 했다고 합니다. "당신이 좋아하는 일을 할 때 열정이 피어날 것입니다."라고 말이죠.

서두가 길었습니다.

좋아하고 즐기는 일. 저는 그런 일을 찾기까지 무척이나 오래 걸렸습니다. 아니, 좋아하는 일이라기보다는 제가 가진 끼와 재능이 무엇인지도 모른 채, 어찌 보면 미련하게 40여 년을 보냈으니까요. 이거 하고 싶다 말도 못하고, 저거 하기 싫다 말도 못하며 그저 부모님께서 혹은 오빠가 하라는 대로 내 주장 없이 살았습니다.

아마 제 나이 또래에는 저 같은 경우가 많을 겁니다. 그때는 세상이 그랬으니까요. 형제는 많고 공부

할 기회는 주로 남자 형제들에게 주어졌습니다.

제아무리 남자 형제보다 똑똑하고 잘나고 뛰어
나도 뒷전으로 밀려나기 일쑤였습니다. 지금 같은 세
상에서는 있을 수 없는 일이지요. 하지만 그때는 그랬
습니다. 이것을 뭐 그리 불평하지도 않았고 '난 여기까
지인가 보다' 하고 마치 운명인 것처럼 받아들였습니
다. 당연히 오빠가 먼저고, 남동생이 먼저라는 생각으
로 말이죠. 저희 부모님을 비롯한 그 시대 부모님들에
게 자식이란, 아들이 있고 그다음 순서에나 딸이 있었
달까요.

어쩌면 태어나면서부터 딸은 그렇게 길들여지는
존재였는지도 모르겠습니다. 요즘 같아서는 가당치도
않을 일이지만요. 그냥 그렇게 적당히 키워지고, 그냥
그렇게 대충 배우고, 그냥 그렇게 지내다가 남자 만나
결혼하고…. 이렇게 써놓고 보니, 저 또한 그런 인생을

살았네요. 요즘 사람들이 들으면 무슨 재미로 사는 인생일까 싶겠지만 제가 살아온 시절에, 특히 시골에서 그리고 형제 많은 집에서 자란 딸이라면 더 공감하실 겁니다.

그러던 어느 날, 우연히 장난 같은 상황에서 제가 가진 재능을 발견했습니다. 지금 생각해도 참으로 뜻하지 않게, 그리고 특별한 계획이나 목적 없이 재미삼아 했던 일이 지금의 직업이 되었습니다.

새롭게 일을 시작하던 그때, 저는 나이가 제법 많았습니다. 이미 자신이 몸담은 분야에서 한 자리 잡고 있거나, 전문가로서 자리매김하고 있을 시기에 저는 '늦깎이'로 '아주 늦은 늦깎이'로 이 일을 시작했습니다. 다 늦은 듯한 나이에 새로운 일을 시작했으니, 두려움도 크지만 그만큼 설렘도 컸습니다.

 보니엠을
사랑한
촌년

한류열풍! 대단합니다. BTS에서 그 정점을 찍고
있다고 생각됩니다. 사실 BTS를 한류라고 표현하기에
는 너무도 부족하지요. 이미 세계적인 수준이니까요.

한류의 시작은 드라마였다고 합니다. 1997년 중
국 방송에 〈사랑이 뭐길래〉란 드라마가 방영되면서부
터 중화권과 일본을 중심으로 드라마에 이어 가요까
지 확대되었다고 합니다. 그다음으론 온라인 게임으로

도 확대되고 드라마는 더욱더 인기를 얻었고, 가요로는 싸이의 '강남스타일'이 전 세계를 뒤흔들었습니다.

이젠 뭐 특별히 '한류'라고 말할 필요가 없을 정도로 전 세계에 우리의 문화들이 빛을 발하고 있습니다. 우리 민족의 피가 대단하다는 생각도 듭니다. 우리 젊은이들이 참으로 멋지다는 생각도 들지요.

한류가 시작되고 이십 년이 넘게 흐른 지금 한류는 우리나라 대한민국을 알리는 최고의 산업이라고 해도 과언이 아니지요. 노래 하나가, 가수 한 명이 그 어떤 산업보다 큰 부가가치를 생산하고 있다는 사실이 아주 멋집니다.

영국의 웸블리 스타디움에서 공연했던 BTS. 전 세계의 팬들이 BTS에 열광하면서 그들의 노래를 부릅니다. 왜 갑자기 BTS 얘기를 꺼냈느냐고요? 사실 저는 노래, 특히 팝송을 너무나 좋아했던 가난한 시골

소녀, 말이 그럴싸해서 '시골소녀'지 사실 완전 '촌년'이었습니다.

지금 세계가 BTS에 열광하듯이 제가 젊었을 때는 보니엠(Boney M.)과 아바(ABBA), 그리고 퀸(Queen)이 대세였어요. 그중에서 저는 보니엠의 노래를 무척 좋아했습니다. 영화 〈써니(Sunny)〉에 삽입된 보니엠의 전설적인 히트곡 '써니(Sunny)'(참고로 '써니'는 보니엠의 자작곡이 아닌 리메이크곡이라고 합니다). 지금도 이 노래만 들으면 가슴이 쿵쾅쿵쾅 뜁니다.

그 시절 '촌년'을 비롯한 숱한 청년들이 언제나 라디오를 가까이 두고 노래를 들었습니다. '촌년'은 보니엠의 노래가 라디오에서 흘러나오면 흥겹게 따라 부르기도 하고, 보니엠의 노래를 틀어달라며 라디오 DJ에게 엽서 신청도 숱하게 했습니다. 당시는 이렇게 엽서를 보내는 것이 대유행이었거든요.

이종환의 〈밤의 디스크쇼〉, 김기덕의 〈두 시의 데이트〉, 황인용의 〈밤을 잊은 그대에게〉, 김광한의 〈팝스 다이얼〉. 그 시절의 젊은이들은 대부분 이 중 한두 프로그램은 꼭 들었다고 해도 무방합니다. 내로라하는 DJ들이 진행했던 주옥같은 이 라디오 프로그램은 지금은 저 멀리 추억으로 남아 있지만 당시 제 또래들에게는 젊은 시절의 '단비' 같은 존재였습니다. 문화의 갈증을 해소해주었죠. 지금은 저 멀리 추억으로 남았지만요.

저도 예외는 아니었습니다. 라디오 프로그램을 놓치지 않으려고 늘 옆에 라디오를 끼고 살았답니다. 여기에 덧붙여 지금 생각해도 고맙고 감사한 것은 어려운 집안 살림에 오빠가 사다 준 LP판과 턴테이블이었습니다. 당연히 고가는 아니었지만요.

가난한 가정 형편 속에서 저와 항상 함께한 라디

오와 저렴한 턴테이블은 음악을 즐길 수 있게 해준 최고의 벗이었습니다. 당시에는 모든 음악을 턴테이블이나 테이프로 들었기에 음악을 좋아하는 사람들의 로망은 턴테이블을 갖는 것이었습니다. 이런 시절에 전 오빠가 사다 주신 턴테이블 덕에 더욱 음악에 심취할 수 있었으니 얼마나 감사한 일입니까?

라디오에서 흘러나오는 음악. 턴테이블로 듣는 음악.

음악을 듣고 있으면 기분이 좋고 행복했습니다. 혼자 흥얼거리다 보면 가수가 된 듯했습니다. 그렇다고 어디 나가서 노래를 부른다거나 해본 적은 없었습니다. 그냥 혼자 좋아하고 혼자 흥얼거리고 혼자 중얼거리고…. 이 모든 것들이 나중에 재산이 되고 보물이 될 줄은 그때는 꿈에도 몰랐습니다.

잊을 수 없는
데뷔 무대

우리나라는 1년 내내 축제가 진행됩니다. 특히 저와 같은 분야에서 일하는 사람들은 우리나라에 축제가 얼마나 많은지 더욱 실감할 수 있습니다.

축제들 가보셨나요? 도심에서는 하는 다양한 축제들을 보면 그 주제가 각양각색입니다. 특히 뮤지션을 중심으로 한 축제들이 많고, 특정 주제를 주 콘텐츠로 하는 축제도 많습니다. 하지만 지방 중소도시나 면에서 하는 지역축제들은 약간 다릅니다. 유명한 대중가수들을 초대해서 무대를 꾸미기도 하지만 제가 하는 각설이나 품바팀을 상설무대로 꾸미기도 합니다.

축제 얘기가 나왔으니 하는 말인데, 우리나라의 축제가 몇 개나 되는지 아십니까? 지역축제는 1980년대 후반 문화체육관광부가 생겨나고 이후 1995년부터 시작된 지방자치제까지 더해지면서 시작되었습니다. 각 지방에서는 자기 지역의 특색을 내세우며 읍·면 단위로 크고 작은 축제들을 개최합니다. 등록된 축제가 2008년경에는 천여 개에 이르다가 감소하기도 하고 다시 늘기도 하는데, 우리나라의 행정구역의 읍·면·동 단위까지 셈해보면 3,500개 정도라고 합니다. 저는 전국 곳곳에서 개최되는 축제를 다 다니고 있습니다. 몸이 두 개라도 모자랄 만큼 바쁘죠.

수많은 축제 중에서 제가 처음으로 무대에 섰던 축제는 바로 포항의 '과메기 축제'였습니다. 대타로 섰던 무대였는데 그 무대가 제 데뷔무대가 되었고 그 날 이후로 지금까지 이렇게 달려왔습니다.

2004년으로 기억합니다. 그즈음 저는 사는 것에 대한 고민도 갈등도 많았습니다. 어디론가 며칠 훌쩍 떠나고 싶었지만, 선뜻 떠나지 못하고 있었습니다. 그러던 차에 우연히 알게 된 깡통(단장님의 닉네임) 님의 초대에 친구와 함께 여행 삼아 포항 축제장에 갔습니다.

각설이 상설무대는 쉬지 않고 음악이 흐르고 장단이 넘치는 시끌벅적한 무대로 꾸며집니다. 그러다 보니 축제장을 가서 각설이 무대를 찾기는 아주 쉽습니다.

친구와 즐겁게 공연을 보고 있는데 단장님께서

갑자기 대타 공연을 해달라고 하셨습니다(제가 노래를 좀 하는 것은 익히 알고 계셨거든요). 생전 무대에 서 본 경험이 없던 저는 자신도 없고 두렵기도 해 손사래 치며 거절했습니다.

보통, 각설이 무대는 기본적으로 무대에 5~7명 정도가 서는데, 한 여성 단원이 약속을 어기는 바람에 4명이 무대에 서야 하는 상황이었습니다. 그 여성 단원 대신 무대에 서달라는 것이었죠. 그냥 가만히 무대에 서 있기만 하면 된다고 했습니다. 저는 그렇게 떠밀리듯이 무대에 섰습니다.

단장님은 무대에 가만히만 있으면 된다고 했지만, 공연의 분위기가 고조되자 갑자기 객석에서 노래하라고 외쳐댔습니다. 어안이 벙벙했던 저는 어쩔 줄 몰라 하며 노래는 못 한다고 했습니다. 그러자 단장님은 그냥 아는 노래로 트로트 한 곡만 하라고 눈치를 주셨습니다.

'좋아하는 노래도 아니고, 트로트를 하라니…'

망설이던 저는 그때 가장 유행했던 트로트인 '우연히'를 불렀습니다. 지금 되돌아 생각해보니 어디서 나온 자신감이었는지 모르겠습니다. 노래가 끝나자 객석에서는 떠나갈 듯한 박수가 쏟아졌습니다. 저도 놀랄 만큼 엄청난 반응이었습니다. 이 무대를 시작으로 저의 '각설이 인생'이 시작됩니다.

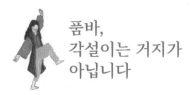 품바,
각설이는 거지가
아닙니다

'각설이' 하면 어떤 생각이 가장 먼저 떠오르시나
요?

'거지', '시골 장터', '엿장수', '싸구려'…. 아마 아
직도 많은 분들이 '각설이'를 이렇게 생각하실 겁니다.
결론부터 말씀드리자면, '각설이'는 그런 싸구려가 아
닙니다. 거지도 아니고 엿장수도 아닙니다.

우리나라의 역사에서 각설이의 시작이 언제쯤이라고 생각하시나요? 이 사실을 아는 사람들은 그다지 많지 않습니다.

각설이 타령이 언제부터 전해 내려왔는가에 대한 정확한 문헌은 없으나, 한 가지 주장은 삼국시대설(說)입니다. 백제가 나당 연합군에 의해 망하자 당시 지배계층은 떠돌이, 즉 나그네가 되었다고 합니다. 이들은 거지나 정신병자 등으로 위장하여 걸인 행세를 했고, 문인 계통은 광대, 무인 계통은 백정, 줄타기 등의 재인(才人)으로 전락하여 세상을 풍자하는 타령을 부르기 시작했다고 합니다. 이들의 '타령'은 음지에 사는 인간들이 세상에 내뱉는 외침이었던 것이죠. 이 외침은 웃음을 자아내기도 하고 슬픈 비애를 맛보게 하는 독특한 우리 민족의 체취였을 것입니다.

이렇게 입에서 입으로 구전되어 오던 타령이 문

헌에 기록된 것은 조선시대 판소리 대가 신재효의 '변강쇠가'에서 품바의 뜻이 '입장구'로 기록되어 있는 부분입니다.

'입장구'라는 단어가 익살맞게 느껴지지 않나요? 입으로 장구를 친다는 것인데, 그 소리가 얼마나 흥겨우면 장구를 치는 듯하다고 표현한 것인지…. 무척 재미있는 표현이라는 생각이 듭니다.

당시 '각설이 타령', '입장구'의 내용은 과거에 낙방한 선비들이 고향으로 돌아가는 길에 걸인 행세를 하면서 외친 '천자풀이' 같은 것이었습니다. 낙방하고 속이 타는 그 마음을 천자풀이로 위로받고 싶었던 모양입니다.

하지만 각설이 타령이 가장 활발했던 시기는 해방 직후를 시작으로 6.25와 자유당 정권 시절입니다. 그 당시 전국적인 규모로 퍼졌었으니까요. 그러다가 공화당 시절인 1968년, 법으로 걸인 행각을 금지하면서 각설이는 전국에서 한동안 사라지게 되었습니다.

그러다가 '품바타령'이란 이름으로 다시 수면 위로 떠올랐지요. 그 불씨는 1982년 연극 〈품바〉 덕분이었습니다. 길거리 테이프나 레코드 등을 통해서 전국에 퍼졌고, 전 국민이 다 알 정도로 '품바타령'은 유명세를 탔습니다.

이렇듯 소외된 계층의 외침이었고 힘든 대중들의 하소연을 표현한 '각설이'. 지금까지 생각했던 '거지', '엿장수' 등의 이미지가 아닌 조금 다른 사연을 갖고 있었구나 하는 생각이 들지 않으신가요? 맞습니다. 원래 '각설이'는 거지를 뜻하는 것이 아닌 이렇게 소외된 계층의 외침이었고 힘든 대중들의 하소연이었습니다.

연극 〈품바〉 이야기를 조금 더 해보겠습니다. 이 작품은 5,000회를 넘는 공연기록을 세웠습니다. 미국의 10대 도시 60회 순회공연은 물론, '한국 기네스북'에도 올랐을 정도니까요. 첫 공연은 1981년 12월에 고(故) 김시라 님께서 고향인 일로읍 공회당에서 올린 것입니다. 그 주요 내용은 내려오는 구전 민요에 서민들의 애환을 담은 장타령조의 마당극이었다고 합니다.

또한, 1980년에 일어난 5·18 민주항쟁의 아픔을 작품에 녹이기도 했다고 합니다. 전남 일대와 광주에서 공연되던 〈품바〉가 서울 대학로와 대학가로 번져나갔고, 전국적인 품바 열풍으로 이어진 것입니다.

그렇다면 왜, '각설이'나 '품바' 하면 '거지'가 먼저 떠오를까요?

품바의 기원은 전라남도 무안입니다. 무안 일로읍의 밤나무골 '천사촌'이 곧 '품바의 발상지'로 불립니다. '천사촌'은 1920년경 목포 부두 노동자 파업을 주도했던 '천장근'이란 인물이 피신하여 숨어든 곳이라고 합니다. 천장근은 '천사촌'에서 거지들을 모아 함께 생활하면서 그 일대를 돌면서 동냥을 하며 살았습니다. 동냥을 마다치 않고 마음을 나눠준 이웃들에게 보답하고자 하는 마음에 장타령을 불러주었지요. 가진 것이라곤 몸뚱이밖에 없었던 '각설이'들이 감사의 표시로 줄 수 있는 것은 타령밖에 없었을 테니까요. 그 장타령 중에 '품, 품, 품' 하고 내뱉는 소리가 있는데, 그 소리에서 지금의 '품바'라는 말이 생겨났다고 합니다. 일종의 의성어인 셈이죠.

이렇게 100여 명이 넘을 정도의 규모로 집단생활을 이어오던 '천사촌'의 각설이는 1950년에 이르러서 흩어졌다고 전해집니다. 이 시절의 각설이 모습 때문에 '각설이', '품바'는 '거지'라는 이미지로 굳어진 것이 아닌가 하는 추측해봅니다.

 평범한
아줌마가
어쩌다

단 한 번의 무대에서 나름 인정받고 난 후 본격
적으로 무대에 서보라는 권유가 이어졌습니다. 살면서
단 한 번도 생각해본 적 없는 일 중 하나, 아니 꿈에도
생각해본 적이 없는 일이 벌어진 것입니다.

사람 인생은 정말 어찌 될지 모를 일입니다. 이
래서 살 만큼 살아보고 나서 얘기해야 하나 봅니다. 내
성적이고, 그저 노래 듣는 것만 좋아했을 뿐인데 그 날

이후 저는 무대체질이 되어버렸으니까요.

　　나이도 먹을 만큼 먹은 터라 '좀 하다 보면 젊고 더 능력 있는 사람들에게 자연스럽게 밀리겠지. 그러면 그때 슬그머니 관두자'는 생각에 큰 기대 없이 이 일을 시작했습니다.

　　그런데 기대치가 낮았던 제 의도와는 다르게 무대마다 반응이 뜨거워 저도 모르는 사이에 이 업계에서 나름의 스타가 되어가고 있었습니다. 어느 순간부터는 저 자신도 감당하기 힘들어졌고, 제 마음대로 그만두거나 할 수 없을 만큼 함께하는 식구들이 늘어갔습니다.

　　솔직히 말해 제가 가진 재주라는 게 딱히 없습니다. 그저 평범한 아줌마 수준이라고나 할까요. 대한민국 보통 사람들만큼 노래가 좋아 노래방 가서 마이크

잡고 뽑아내는 수준 정도의 노래 실력이 전부였습니다. 게다가 각설이의 기본기인 장구나 북은 쳐본 적도 없었습니다. 그러니 바닥날 밑천이랄 게 있었겠어요? 시작할 때부터 밑천이라곤 없는 셈이었지요.

그런 밑천 없는 제게 현실은 냉혹했습니다. 무대에 서서 주로 노래를 했지만 그렇다고 매번 노래만 할 수는 없는 법이니 최소한 몇 가지는 배워야 했습니다. 기본도 없는데 무대에 서야 했으니 죽어라 배워서 연습하고 연습하는 수밖에는 없었습니다. 단장님과 단원들에게 틈틈이 시간이 날 때나 밤늦도록 북과 장구를 배웠습니다. 처음에는 정말 무지렁이였지요.

매일매일을 그렇게 하나씩 하나씩 배웠습니다. 그 배움이 그때는 어쩜 그렇게 재밌고 즐거울 수가 있는지 저 자신도 놀라웠습니다.

정말 다행스러운 것은 제게 '끼'라는 것이 있긴

있었나 봅니다. 장구 장단에 취해 있으면 기분이 날아
갈 듯하고 흥이 났습니다. 온몸이 땀에 젖도록 장구와
북과 하나가 되고 나면 날아갈 듯 즐거웠으니까요. 전
율을 느낀다는 것이 바로 이런 것인가 싶었습니다.

   아무에게도 말하지 않았지만 늘어가는 실력에
뿌듯했고, 다음 무대에서는 꼭 더 잘해야겠다는 다짐
을 했습니다. 깊어지는 열정만큼 시간 가는 줄 모르게
몸이 부서지도록 연습하고 또 연습했습니다.

   잘하는 단원들에게 누가 되지 않기 위해서 두 배,
세 배 노력했습니다. 모두 저보다 나이 어린 단원들이
었지만 대부분 수년 동안 무대에 서 온 분들이었습니
다. 나이 먹어서 이 길에 들어선 입장에서 더 열심히
하는 수밖에 없었습니다. 나이만 많은 천덕꾸러기가
되고 싶지 않았으니까요.

   제가 싫어하는 말 중의 하나가 바로 '나이 덕이

나 입자'라는 말입니다. 다른 것으로는 대접을 받을만한 것이 없으니 나이 먹은 것으로 대접받자는 것인데, 요즘 말로 나이가 '갑'이라는 사고방식인 거죠. 이런 말이 생겼다는 사실 자체가 슬픕니다. 나이 많은 것이 '갑'이 될 순 없습니다. '실력'이 '갑'이 되어야 합니다.

두말하지 않고 열심히 했습니다. '내가 먼저 조금 더 하자'는 마음가짐으로 궂은일도 먼저 나서서 하려고 노력했습니다. 언젠가 제가 실력으로 인정받게 되는 날을 고대하면서 말입니다.

'어얼– 씨구 씨구'
품바 장단

일반적으로 각설이 타령은 '각설이 타령'과 '장타령'으로 구분합니다. 그중에서 장타령이라고 하는 것은 '장만센가'라고도 부릅니다. 저도 정확히 몰라서 자료를 찾아보니, '장타령'은 원래 '장돌림', '부보상', '장돌뱅이'로도 불린 장타령꾼들이 시장을 흥청거리게 하여 물건을 팔기 위해 부르던 상업노동요로 시작된 노래라고 합니다.

'부보상'은 우리가 아는 '보부상'의 조선시대 명칭으로, 봇짐이나 등짐을 지고 돌아다니며 물건을 파는 상인을 말합니다. 각설이들이 장터에서 이 장타령으로 노래하다 보니, 공연 형식이 가미되었고 자연스럽게 각설이 타령과 장타령이 섞여 불리게 되었습니다.

어떤 교수님의 주장에 따르면 시장에서 '골라 골라' 하면서 부르던 노래가 '장타령'이라고 이해하면 된다고 합니다.

이에 비해 각설이 타령은 좀 더 변화되어왔습니다. 구전되어 오던 것들이 반영되기도 하였고, 일반 민요나 잡가들에 각설이 타령의 가사를 붙여서 부르기도 하였고, 마지막으로 순수하게 각설이 타령만으로 전해오는 것들이 있습니다. 우리가 아는 '어얼— 씨구 씨구 들어간다. 저얼— 씨구 씨구 들어간다…'의 장단이 그렇습니다.

각설이 이야기를 하면서 각설이 장단에 대한 이야기를 안 할 수가 없지요. 전통적인 장단에 대해서는 교수님들이나 국악 하시는 분들이 워낙 잘 아시기에 저 같은 사람이 장단을 설명하는 것이 다소 어설프게 들릴 수도 있지만 각설이, 품바의 장단도 그 본류는 국악 장단에 있습니다.

저희가 하는 장단의 기본은 굿거리장단과 육자배기가 기본입니다. 국악에서의 굿거리장단을 사용하는 음악으로는 익히 들어 잘 아시는 '오돌또기', '천안삼거리', '베틀가', '늴리리야', '한강수타령' 등을 대표적으로 꼽을 수 있습니다.

서울은 물론, 경기도, 충청도, 전라도 지방에서 많이 연주되는 장단인 이 굿거리장단은 3소박 4박자(4/♩.)의 보통 빠르기 장단(♩.=60)으로 구성지고 흥겨운 느낌을 주는 장단이지요. 듣고 있으면 어깨가 들썩이는 장단이라고 하겠습니다. 서양 음악으로 보면 8

분의 12박자에 해당한다고 합니다. 이 굿거리장단이 다양하게 변형되면서 많은 국악 무대에서 반주로 널리 쓰이고 있습니다. 각설이 장단에서도 이것들을 기본으로 합니다. 그리고 응용합니다. 저희는 이것을 '변박'이라고 부릅니다.

기본 장단은 '쿵다닥쿵'입니다. 이 장단을 기본으로 이 장단에 다양한 형태와 음악을 조화롭게 변형하여 무대에 올리고 있습니다.

다만 아쉬운 점은 각설이 무대가 강하고 힘 있는 퍼포먼스로만 흐르다 보니 무조건 치는 식이 되어간다는 점입니다. 가락이 매우 강하고 세지는 것이죠. 장단에 맞춰서 리듬을 타는 것까지는 좋은데, 시종일관 같은 강도로 계속 이어진다는 점이 아쉽습니다. 그래서 저는 그 소리가 가끔은 밉게 느껴지기도 한답니다.

옛 시절의 정감 넘치는 장단도 있습니다. 1960

년대부터 시작된 왕대포집의 젓가락 장단을 아십니까? 시골 선술집, 일명 '니나노 집'이라고도 불렀죠. 이런 선술집의 젓가락 장단을 '니나노 장단'이라고 하는데, 아직도 잊히지 않고 지금까지 내려오고 있습니다. 시골에 가보면 어르신들이 막걸리 한잔 걸치시고 읊조리시던 그 장단! 한 번만 들어도 기억나고 귀에 착착 감기던 그 장단! 이 니나노 장단은 동네에서 장단 좀 한다는 분들은 다 구사하실 수 있는 장단이라고 해도 과언이 아니지요. 그 이유는 장단이 쉬우면서도 좋고, 귀에 친숙하게 들어오기 때문일 것입니다.

요즘 드는 생각은 '국악의 기본 가락을 배우고 무대에 올랐다면 참 좋았을 텐데…' 하는 것입니다. 근본을 제대로 배웠다면 지금보다 더 자신 있고 당당하지 않았을까 하는 거죠. 우연히 시작하게 되었고, 무대에 올라 노래하면서 시간 날 때마다 조금씩 단장님과 선배 단원에게 배운 것이 배움의 전부인 터라 늘 어딘가 부족함을 느낍니다. 관객들께서는 좋게 봐주시지만 사실 필요한 것들을 중심으로 배웠기 때문에 국악 장단의 기본을 전부 통달했다고는 할 수 없습니다.

그런데 제 공연을 보신 분이 가끔 각설이, 품바 장단을 배우고 싶다며 연락해 옵니다. 그럴 때면 뜨끔합니다.

'내가 어떻게 남을 가르친단 말인가?'
'교육 프로그램은 어떻게 짠단 말인가?'
'과연 내가 가르칠만한 자격은 있는가?'

이런 생각에 사로잡힐 때면, 등골이 오싹해집니다. 흉내만 내고 있다고 해도 할 말이 없습니다. 저 역시도 제대로 배우지 못한 것이 항상 아쉬우니까요.

그래서 후배들은 국악의 기본을 충분히 숙지했

으면 좋겠습니다. 저도 더 분발해서 국악 장단 중 배우
지 못한 부분들을 하나둘씩 배워 나갈 것입니다.

 '못난이 각설이'의
시대는 끝났다

　지역축제나 장이 설 때 각설이 공연을 보신 적이
있으신가요? 요즘 각설이들은 참 예쁘게 화장하고 각
양각색의 개성 있는 옷들을 입지요. 언뜻 봐서는 나이
를 짐작하기 어렵지만 그리 많아 보이지 않습니다.

　맞습니다. 요즘 각설이들은 젊고 예쁩니다. 여
러분이 생각하시는 것보다 훨씬 예쁘고 젊습니다. 예
쁜 후배 각설이들을 보면 뿌듯합니다. 옛날 '거지=각

설이'의 모습은 찾아볼 수 없고, 오히려 팬들이 생기고 유튜브로 실시간 방송도 합니다. 실시간 방송을 시청하는 팬들의 숫자도 어마어마하며, 댓글로 표현되는 호응도 엄청납니다.

제가 시작하던 때인 2000년대 초반만 해도 이런 분위기는 결코 아니었습니다. 못난이 분장이 각설이의 대표적인 모습이었습니다. 누구든 쉽게 떠올릴 수 있는 바로 그 모습 말입니다. 연지 찍고, 곤지 찍고, 말라비틀어진 콧물도 허옇게 그리고, 입술도 더 크게 혹은 더 튀게 그렸죠. 누군지 알아볼 수 없을 정도로 말입니다. 남자 각설이들의 경우 여자 분장을 하는 일도 많았습니다.

분장 덕분이었을까요? 무대에 서면 더 당당할 수 있었습니다. 유명인이 복면을 쓰고 노래를 부르는 TV 프로그램인 〈복면가왕〉에서 출연자들이 인터뷰할 때

자주 했던 말이 있습니다. '가면을 쓰면 사람들은 내가 누구인지 모르기 때문에 노래에만 더 집중할 수 있어서 좋았다'라고. 저는 이 말에 매우 공감합니다. 저도 공연을 위해 분장을 하면 타인의 시선을 덜 의식하게 되고 훨씬 당당해지고 때론 더 뻔뻔해질 수 있으니까요. '내'가 무대에 서는 것이 아닌 또 다른 나인 '각설이'가 무대에 서는 것이기에 공연 때만큼은 '각설이' 모습에 최선을 다합니다. 객석을 의식할 필요 전혀 없습니다.

하지만 무대에 서면 두려웠던 적도 있었습니다. 특히 무대 경험이 없었던 초기에는 객석에서 터져 나오는 거친 말투가 가장 두려웠습니다. 욕설은 기본이고, 차마 입에 담기 어려운 음담패설이 상상 이상이었습니다. 게다가 여자 각설이들에게는 그 정도가 더욱더 심했습니다. 공연 중에 외설적인 말들이 객석에서 들려올 때면 얼굴을 들 수가 없었습니다. 분장을 해서 당당해지고 뻔뻔해질 수 있다지만 그런 상황에서는 그 배짱도 무용지물이었습니다. 그냥 무대를 내려오고 싶은 마음만이 간절했습니다. 부끄러웠고 때로는 눈물이 날 때도 있었습니다. 울고 있으면 더욱 놀려댔습니다. 그뿐만이 아닙니다. 일의 특성상 축제행사장이 대부분이기에 한잔하신 관객분들이 더러 있습니다. 특히 야간 공연에서는 더더욱 그렇습니다. 술 취한 관객분들의 행동 또한 견디기 힘들었습니다. 무대를 향해 뭐라고 외치다가 들어주지 않으면 돌을 던지기도 하고 얼굴에 동전을 던지기도 합니다. 더러는 무대로 뛰어올라와 행패를 부리는 일도 있습니다. 이럴 때면 무대는 아수라장이 되기도 하죠. 가끔 싸움으로 번지는 일도 있었습니다.

그래도 요즘 공연장의 관객들은 그런 분들이 거의 없습니다. 관객의 수준이 높아졌고, 무대의 각설이 또한 옛날과는 다른 형식의 공연을 선사하다 보니, 넘지 말아야 할 선을 넘는 경우는 극히 드뭅니다. 이처럼 변화하는 관객 문화 또한 각설이의 위상이 달라졌다는 방증이 아닐까 싶습니다.

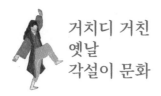

거치디 거친
옛날
각설이 문화

최근 십여 년 동안 천천히 우리의 전통적인 문화로 자리 잡고 있는 각설이 문화! 하지만 과거의 각설이는 '문화'라는 단어에 감히 끼워주지도 않았던, 형편 없는 '장돌뱅이' 취급을 받았습니다.

옛날과는 다르게 각설이 문화의 분위기나 환경은 많은 부분에서 차이가 있습니다. 현재의 각설이 품바들은 함께 모여 공동체를 구성해서 공연하는데, 일종의 엔터테인먼트사 같은 개념입니다.

저는 '테마예술단'이라는 이름으로 활동하고 있습니다. 저를 포함해서 늘 함께 활동하는 단원은 10여 명 남짓입니다. 음악도 무대도 모든 구성 요소들을 함께 준비하고 무대에 올립니다. 식구나 다름없지요. 하지만 과거의 각설이는 이런 문화가 아니었습니다. 길거리, 야시장 등을 떠돌면서 하루하루 살아가는 철저한 생계형이었을 뿐, 공연이란 개념은 찾아볼 수 없었습니다.

또한, 각자 앞길을 책임져야 했습니다. 개인이 하나의 브랜드였고 잘나가는 각설이들은 인기도 많고 팬층도 두터웠지만, 그렇지 않은 각설이는 알아주는 이 없이 장돌뱅이 취급을 받으며 생계를 이어가는 경우가 다반사였습니다.

현재 테마예술단의 단장인 '깡통' 님의 경우 그

당시 하나의 브랜드로 자리 잡아 수입도 꽤 좋고 해외 공연에 초대받을 만큼 상당한 수준이었다고 합니다. 저에게 장구와 북을 가르쳐준 스승이기도 한 칠도 님 역시 나름 팬을 거닐고 다니던 미남 각설이었습니다 (지금도 분장을 지우면 미남입니다).

그들은 30년째 각설이 '깡통'으로, 각설이 '칠도'로 살고 계십니다.

지금의 각설이와는 다르게 각자도생(各自圖生)을 해야 하는 생존의 바닥에서 철저한 생계형 브랜드가 되기 위해 더욱 거칠어질 수밖에 없었던 그들의 삶. 이들의 지나온 역사가 바로 우리나라 품바와 각설이의 역사와 다를 바 없을 것입니다.

부동산 분양 광고에는 '트리플 역세권', '교통의 요지', '유동인구', '주변의 상권' 등 부동산의 '위치'를 강조하는 문구가 반드시 나옵니다. 그만큼 '자리'가 중요하다는 것이겠지요. 각설이에게도 자리는 곧 수입으로 직결되기 때문에 행사가 있기 전날부터 자리다툼은 흡사, '전쟁'을 연상케 합니다. 손수레를 행사 전날 미리 갖다 놓기도 하고, 바닥에 래커로 표시해서 자신의 자리를 미리 '선점'을 하는 것이죠.

상황이 이렇다 보니, 행사 당일 이곳저곳에서 벌어지는 크고 작은 싸움은 으레 있는 일입니다. 손수레를 발로 차고, 집어던지고, 깨고, 급기야는 몸싸움으로 이어지기도 합니다. 지금은 찾아볼 수 없는 모습이지만 당시는 이런 모습들이 비일비재했습니다. '이 자리를 잡지 못하면 죽는 거나 다름없다'는 절실한 심정이었을지 모릅니다.

각설이계의
아이돌

'팬덤(Fandom)'이라는 말이 있습니다. 표준어는
아니지만, 실생활에서 흔히 사용하는 말입니다.

팬덤
〔명사〕 '광신자'를 뜻하는 영어의 'fanatic'의 'fan'
과 '영지(領地) 또는 나라'를 뜻하는 접미사
'dom'의 합성어로 가수, 배우, 운동선수 따위의

유명인이나 특정 분야를 지나치게 좋아하는 사
람이나 그 무리

각설이 문화에도 팬덤이 있습니다. 처음 들어보
셨다고요? 최근 들어서는 상당히 많은 팬이 공연장에
찾아와 실시간 유튜브 생방송도 진행합니다. 하지만
각설이가 개인 브랜드였던 그 시절에도 팬덤은 있었
습니다.

유명한 각설이들, 예를 들어 개인 브랜드로 유명
한 '깡통'이나 '칠도'가 나타나면, "앗! 깡통이다!" 하면
서 사람들이 몰려들었습니다. 그 팬들은 '오빠 정말 좋
아해요', '사랑해요'라며 팬심을 보여주는가 하면, 편지
를 써서 직접 주거나 이동 차량 백미러에 꽂아놓고 가
는 경우도 많았다고 합니다. 힘드니까 먹거리를 사다
주기도 하고 공연이 끝나면 얼굴을 한 번이라도 더 보
기 위해 끝까지 뒤따라가기도 하고요.

그러다 보니 팬으로 만나 결혼을 하는 경우도 있는데, 지금 함께 활동하고 있는 '칠도와 삼순이'가 그런 경우입니다. 각설이 스타와 화끈한 여성팬이 만나서 부부의 연을 맺은 것이죠. 각설이 팬들에 관해 이야기하다 보니, 현재의 유명 대중 가수들의 팬덤들과 별반 차이가 없는 것 같다는 생각이 듭니다.

제 팬들도 참 다양합니다. 공연장을 매일 하루도 빠짐없이 찾아오는 부부도 계시고, 몇몇 팬들은 일이 없는 날 모여서 함께 차를 타고 오시기도 합니다. 제아무리 먼 곳이어도 꼭 오셨다가 밤늦게 되돌아가십니다. 무대에서 공연하다 보면 관객석에 멀리서 오셨을 낯익은 팬들이 한 분, 두 분 눈에 띌 때 저는 더욱더 힘이 나지요.

제가 나이가 조금 있어 팬들의 나이도 아니 연세라고 해야 할까요? 좀 되십니다. 연세라고 불릴 정도면 인정이 넘치는 연배라는 점, 짐작되실 겁니다. 이분들 그냥 오시는 법이 없으십니다. 선물을 사오시기도 하고, 음식을 해서 오시기도 합니다. 공연 중에는 두둑하게 팁을 덥석 쥐여주시기도 하십니다. 연세가 지긋하신 한 남성팬분은 '고하자 최고'라고 쓰인 응원 수건을 양손으로 펼쳐 들고서 제 노래를 따라 부르시기도 하십니다.

이런 분들을 보고 있으면 보람도 느끼고 힘이 납니다. 동시에 '내가 뭐라고 저렇게도 좋아하실까?', '내가 뭐라고 이 늦은 시간에 이 먼 거리까지 달려오셨을까?', '내가 뭐 해 준 게 있다고 나한테 저렇게 고맙다고 하시는 걸까?' 하는 생각이 스치기도 합니다. 아직도 그 정답을 찾지 못했지만, 항상 감사할 따름입니다.

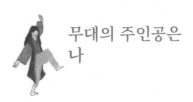

무대의 주인공은
나

체구는 작지만, 배짱은 두둑했나 봅니다. 각설이 생활에 접어들고 5년 만에 이 바닥에서 나름 최고가 되었습니다. 하지만 그 길이 그렇게 순탄치는 않았습니다.

남자 각설이가 주 무대를 이끌 때 여자 각설이인 저는 갑자기 빠지게 된 각설이 대신 혹은 주 무대의 중간중간을 메꾸는 역할을 했습니다. 일반적으로 만담이

나 연극에서 여자 각설이는 남자 각설이가 주는 멘트를 받기만 하는 역할이었습니다. 주로 남자 각설이 중심이었고 여자 각설이는 존재 자체를 그다지 인정받지 못하고 있었습니다. 여성해방운동가도 아니고, 그렇다고 페미니스트도 아니었지만, 무대에 오를 때마다 문득문득 억울하다는 생각이 들었습니다.

경제적인 면에서도 그랬습니다. 당시 수입형태는 일당제였는데 아무리 열심히 해도 그에 합당한 돈을 받기가 어려웠습니다. 일당 5만 원으로 시작해 7만 원이 되고, 10만 원이 되었지만 그 이상은 받을 수 없었습니다.

다 같이 열심히 했는데, 남자 각설이와 비교하면 여자 각설이는 그 절반에도 미치지 못하는 금액을 받는 경우가 비일비재했습니다. 그렇다고 단장님에게 따질 배짱은 없었지만, 여자라는 이유로 겨우 이 정도밖에 받지 못하는 현실이 부당하다고 느꼈습니다. 저는 고민 끝에 합당한 일당을 요구할 수 있으려면 실력으로 인정받아야 한다는 결론을 내렸고 각오를 다졌습니다.

혼자 치고 나갈 방법을 찾아야 한다!
남자 각설이 없이도 얼마든지 할 수 있다.
나만의 무대를 확보하자.
실력으로 보여주자.

궁리 끝에 몇 가지 방법을 시도했습니다. 우선 남자 각설이와 듀엣을 할 때, 제 차례가 오면 멘트를 그냥 받는 대신 개성 있게 치고 나갔습니다. 남자 각설이가 시키는 것만 해서는 클 수가 없다고 생각했으니까요. 점점 제가 더 길게 말하고 춤과 노래까지 나서서 선보였습니다. 그런 제 모습에 남자 각설이가 주눅이 들기 시작했고, 이때부터 더 적극적으로 나섰습니다.

데뷔 초창기에 저를 많이 괴롭히고 울렸던 음담패설도 이제는 아주 잘 받아칩니다. 관객의 음담패설에 민망해하며 눈물을 보였던 저는 이제 없습니다. 저도 몰랐던 타고난 끼로 재치있는 말재간과 적당한 음담패설을 나누면서 저도 모르는 사이에 점점 이 업계에 일인자가 되어가고 있었습니다.

수입이요? 지금은 여자 각설이 최초로 잘나가는 남자 각설이와 똑같이 받습니다. 당당하게 실력으로 인정받고 있는 셈이죠.

저 못지않은 능력 있는 여자 각설이 후배들이 많습니다. 지금 바라는 것은 제가 모범이 되어 후배 여자 각설이들도 실력으로 인정받고 남자 못지않은 실력파 각설이가 더 많이 나왔으면 하는 겁니다.

 숨기고
싶었던
직업

본격적으로 일을 시작하면서 가장 두려웠던 대상은 바로 '가족'이었습니다. 각설이를 한다고 하면 가족 그 누구도 좋다고 하지 않을 것이 뻔했으니까요. 그래서 가족들에게는 영화 엑스트라 배우를 하고 있다고 거짓말을 했습니다. 짧은 출연 장면과는 달리 촬영 현장에서의 긴 대기시간으로 작품이 끝나야 집에 갈수 있는 엑스트라 배우의 생활이 어찌 생각하면 각설이와 흡사했으니까요.

행사장과 축제장을 따라서 전국을 다니고 때론 해외공연도 있다 보니 1년의 일정 중에서 여유로운 달은 몇 달 없습니다. 3~5월까지는 눈코 뜰 새 없이, 살인적인 일정의 연속이고, 7~8월 여름철에는 봄 축제 시즌처럼 바쁘진 않으나 행사들이 제법 많습니다. 가을은 봄 시즌 못지않게 바쁩니다. 11월 말쯤 되어야 조금 한가해지다가 12월에는 팬카페의 행사가 줄지어 있습니다. 1~2월에는 음반 준비와 녹음이 있습니다. 이런 빡빡한 일정 때문에 집에는 축제와 축제 사이에 잠시 거쳐 가는 정도입니다. 엑스트라 배우의 삶과 비슷하지요?

무대에 올라 공연을 할 때는 더없이 행복하고 즐겁습니다. 재밌습니다. 하지만 늘 불안했습니다. 가족들에게 제가 하는 이 일이 누가 될까 말이죠. 당시에 이런 생각을 했던 저 역시도 '각설이'를 당당한 직업이라고 생각하지 못했던 듯합니다. 10년이 넘도록 가족들에게 알리지 않은 채 무대에 올랐습니다. 하지만 세상에 비밀은 없다고, 몇 해 전에 들통이 났습니다.

요즘 각설이들은 가족들의 격려를 받으며 일합니다. 너무 부럽습니다. 온 가족이 축제장에 총출동해서 응원하기도 하고 실시간 생방송 때는 친척들까지 댓글로 응원합니다. 가장 열성적인 팬은 가족이요, 특히 부모님들이십니다. 저는 감히 상상도 할 수 없는 일인데, 요즘 젊은 각설이들은 신세대답게 세련된 모습뿐만 아니라 당차고 자기 일에 대한 자부심도 강합니다. 그래서인지 가족들 또한 최고의 후원자요, 지지자들이 되어 '각설이'라는 직업을 적극적으로 응원해주는 게 아닐까 싶습니다.

한 후배 각설이는 다른 분야의 일을 하다가 적성에 안 맞아서 접고 우연한 기회에 각설이 무대를 접하고 시작했습니다. 일이 너무 재미있고 적성에 맞는다며 아주 열정적으로 일합니다. 무엇보다도 그 후배의 어머님께서 매니저를 자처하시며 챙겨주십니다. 이런 가족들의 응원과 지지를 받는 모습을 보면 솔직히 많이 부럽습니다. 이런 부러운 마음이 불쑥불쑥 올라올 때면 가족들에게 들킬까 봐 가슴 졸이며 보낸 지난 제 모습이 주마등처럼 지나갑니다.

 만 원짜리
인생

　　제아무리 좋아하는 일도 평생을 하긴 힘들 겁니
다. 어떤 일이든 정신없이 바쁘게 하다 보면 어느 순
간, 멍해지는 때가 옵니다.

　　저도 예외는 아니었습니다. 각설이를 시작하고 3
년쯤 되었을 때 그런 시기가 찾아왔습니다. 몸이 힘들
고 정신적으로도 너무 버거웠지요. 운동을 전혀 안 하
던 사람이 갑자기 운동하면, 온몸에 담이 와 꼼짝 못

할 때가 있지요. 제가 그런 증상이 아주 심각하게 왔었습니다. 매일매일 엄청난 시간의 공연을 해왔음에도 불구하고 마치 한 번도 해본 적 없는 운동을 아주 격하게 한 사람처럼 말이죠. 이쪽저쪽으로 몸을 돌려도 몸이 돌아가지 않고, 게다가 목은 잠기다 못해 붓고 성대가 상해 목소리가 나올 생각을 안 하니, 노래할 수 없을 지경까지 이르렀습니다.

아플 때 가장 생각나는 사람은 누구일까요? 가족이겠지요. 저도 마찬가지였습니다. 고향 동네인 제천에서 한방 축제 중이었을 때 몸이 아팠습니다. 무대에 걸어 올라갈 힘, 아니 자리에서 일어나 힘조차도 없었습니다.

단원들 모두 축제장에서 공연하는 동안, 저는 꼼짝없이 숙소에 있어야 했습니다. 숙소라고 해야 형편없이 허름한 여관방 수준이었습니다. 여관방에 쪼그리고 앉아 있으니 설움이 복받쳐 왔습니다. 제 평생 기억나는 몇 안 되는 서러운 날로 기억됩니다.

가족들 모르게, 아니 거짓말하면서 일하는 서러움. 몸이 망가져 가고 있다는 서러움. 그 누구도 위로해주지 않고 혼자 견뎌야 하는 서러움. 그리고 숱한 오해로 인한 서러움까지.

고향에 오니 가족 생각은 더 간절해져서 더 아팠는지도 모릅니다. 그날은 베개가 다 젖도록 울고 또 울었습니다.

이 업계가 다른 업계 못지않게 시기와 질투가 많은 세계입니다. 남자들한테 지기 싫고 나만의 무대로 인정을 받기 시작하자 주변에서 엄청난 시기와 질투 그리고 억측들이 생겨나기 시작했습니다. 심지어 돈을 훔쳐갔다는 오해도 받았고, 차마 입에 담기조차 싫은 말도 들어야 했습니다. 여기에 조금씩 인기가 높아지자 '여자 주제에', '여자가'라는 말들이 끊이지 않고 들려왔습니다. 자신의 실력으로 그리고 노력으로 제대로 서보겠다고 다짐하고 열심히 일했을 뿐인데, 주변에서는 실력으로 봐주지 않는 시선에 가슴이 아팠습니다. 정신적인 한계에 도달한 듯했고, 몸도 버텨내지 못하는 상황에 이르자, '내가 왜 이 일을 하고 있지?'라는 의문을 품게 되더군요.

지지자도 없고, 격려해주는 사람도 없고, 심지어 가족들한테까지 거짓말을 하면서 하고 있는 일! 앞에서는 대놓고 질투하고 시기하고, 뒤에서는 수군거리고….

이러한 상황에서 나는 무엇을 보고 이 일을 하는 것인지 자괴감이 들어 저 깊은 나락으로 빠져드는 기분이었습니다.

그렇다고 그런 억측에 눌려 포기하고 싶지는 않았습니다. 막 물이 오르고 있는 시기에 그만두고 싶지 않았습니다. 거짓과 억측이었지 진실은 아니었기에 언젠가 그런 오해들이 풀릴 것을 믿었습니다. 진실은 승리한다고 믿었으니까요. 이럴수록 제 존재를 제대로 보여줘야 한다고 생각했습니다. 여자 각설이도 최고가 될 수 있음을 세상에 보란 듯이 내보이고 싶었습니다.

끙끙 앓고 있을 수만은 없었습니다. 몸부터 추스르기 위해 여관방에 밥을 시켰습니다. 1인분은 배달이 어렵다고 해서 2인분을 시켰습니다. 아픈 것도 서러운데 돈을 두 배로 내서 다 먹지도 못할 음식을…. 설움도 두 배가 된 기분이었습니다. 눈물 콧물 범벅이 된 모습으로 2인분에 만 원인 밥을 한 수저 뜨며 문득 이런 생각이 들었습니다.

각설이 인생이 만 원짜리 인생인가?
나 스스로라도 대접해야겠다.

만 원짜리 밥 한 수저 뜰 때, 그 순간의 먹먹함을 아직도 잊지 못합니다. 세상은 나를 '만 원짜리 인생'이라 낮잡아 볼지라도 나 스스로는 나를 대접하겠다고 다짐했습니다. 최선을 다해 삶을 살아가는 게 나를 대접하는 길이라고 믿고 지금까지 걸어온 시간. '만 원짜리 인생'이라는 말에서 얻은 깨달음이 저를 지금까지 꿋꿋이 걸어올 수 있게 했던 원동력 중 하나가 아닐까 싶습니다.

 무대 위,
그리고
무대 아래

　끼가 넘치는 사람은 다른 사람들 앞에 섰을 때와 그렇지 않을 때 그 모습이 매우 다른 경우가 많습니다. 평소엔 조용하고 내성적이어도 끼를 발휘해야 할 자기 판이 벌어지면 본 모습은 온데간데없이 사라지고 전혀 다른 사람이 되는 것이죠.

　저 역시도 그런 성향이 매우 강하다는 것이 주변의 평판입니다. 무대 위의 제 모습을 본 사람들은 제가 무척 활발하고 말도 많고 유쾌한 성격인 줄 아십니다. 때론 강해 보이기도 하고요.

그렇게 보일 수밖에 없을 겁니다. 보통 체격보다 더 작은 체구에 장구를 둘러메고 설장구 놀이하고, 흥겨운 장단에 어깨춤 덩실덩실 추고, 객석으로 나가서 관객들과 어울리고, 다시 노래하고 입담 풀고…. 이렇게 쭉 열거만 해도 활발하고 유쾌한 모습을 상상하실 수 있으실 겁니다.

하지만 저는 오히려 그 반대입니다. 무대 아래에서는 아주 평범하디 평범한 여자 사람입니다(저는 여자라는 말이 좋습니다). 바로 전 무대에서 신명 나고 유쾌했던 표정은 찾아볼 수 없을 만큼 아주 '다소곳하다'고나 할까요?

저는 관객을 대상으로 무대에 오르는 사람은 당연히 본인의 행복보다는 관객을 행복하게 하는 것이

우선이라고 생각하기 때문에 원래 모습과 다르더라도 행복하고 유쾌한 표정으로 무대에 서야 한다고 생각합니다. 행복한 얼굴이 아니면 관객을 즐겁고 기분 좋게 하지 못할 테니까요.

물론, 저도 그러기 위해 끊임없이 노력합니다. 다행스러운 것은 관객분들께서 무대 위 제 모습을 보면 '행복에 미쳐서 노는 것 같다'고 하십니다. 제가 노력해서 보여주고자 하는 모습대로 봐주시니 얼마나 다행입니까?

솔직히 말씀드리면, 속상한 일이 있더라도 무대에 오를 때면 속상한 일은 다 잊습니다. 무대에 오르는 동시에 머릿속에서 사라져버립니다.

혹자는 이런 말씀도 하십니다. '잊고 무대에 오른다고 해서 그 속상했던 감정이 사라질 수 있나요?', '그래도 순간순간 눈빛과 표정에 드러날 수밖에 없지 않

나요?', '무대에서 억지로 행복한 척한다고 표정까지 행복해질까요?'

　물론 쉽지 않은 일이고, 마음대로 되지 않는 일임은 분명합니다. 하지만 저는 무대에 오를 때면 본능적으로 불필요한 감정이 사라지면서 공연 모드로 전환됩니다. 무대에 오르기가 무섭게 무의식적으로 공연순서와 내용을 제 머릿속으로 그려냅니다.

　'노래로 시작하자! 노래를 먼저하고 다음은 설장구, 그리고 단원들과 함께 퍼포먼스를 화려하게 꾸며 분위기를 돋우며 입담을 풀자. 입담 후에는 관객석으로 내려가서 관객들과 함께 노래하자.' 이런 식으로 말입니다.

　선곡도 그 지역의 성향과 그날 관객의 분위기, 연령대에 맞춰서 순간순간 변화를 줍니다. 입담도 공연장과 관객들 분위기에 맞춰서 즉각적으로 변화를 주면서 진행합니다.

흥이 나야 합니다. 우리 각설이들이 모시는 신이 있습니다. 바로 '음악의 신'입니다. 무대에 오르면 신이 나야 합니다. 음악의 신이 올라야 합니다. 이 음악의 신이 오르면 두 시간도 세 시간도 힘들지 않습니다. 그저 행복하고 흥겹고 즐겁습니다. 이 음악의 신이 오르기 위해서는 각설이 만큼 중요한 것이 관객입니다. 관객들이 함께 놀아주면 음악의 신은 더 빨리 옵니다.

만약 객석의 반응이 흥겹지 않으면 어떻게 할까? 저의 가장 큰 고민이 바로 이 부분입니다. 관객을 흥겹게 그리고 행복하게 해줘야 하는데 관객들이 시큰둥하면 어떻게 대처해야 할까?

저는 '어떻게든 관객을 사로잡아야 한다', '어떤 식으로든 내 편으로 만들어야 한다'라고 각오를 다지면서 공연에 임합니다. 앞 무대에서 다소 침체된 관객 분위기를 이어받을 때면 더욱더 강한 각오로 무대에 오릅니다.

이런 각오 덕인지 관객들이 보시는 무대 위의 제 모습은 힘이 넘치고 늘 유쾌하고 행복해 보인다고 하십니다. 무대에서는 세고, 강하고, 단단하고 야무져 보이지만 무대 아래에서는 그냥 조그만 여자 정도인데 말이죠. 그러니, 제가 다분히 이중적인 인간인가 봅니다. 저도 몰랐던 잠재된 끼와 배짱이 무대에서 이렇게 표현되니 말입니다.

현모양처를
꿈꾸며

여러분은 어릴 적 꿈이 무엇이었나요? 대통령도 꿈꾸고, 의사도 꿈꾸고, 과학자, 발명가 등 다양한 꿈을 꾸지 않으셨나요?

하지만 점점 자라면서 현실 속에서 목표를 찾게 됩니다. 성인이 되어 세상이 어떻다는 것을 알게 되면서부터는 무모한 꿈들은 접게 되지요. 현실적이고 실현 가능한 꿈으로 갈아타게 됩니다.

옛날과는 달리 요즘 초등학생들은 유튜버, 아이돌, 운동선수 등 사회적 흐름과 결을 같이 하는 무척 현실적인 꿈을 가지고 있더군요. 세대가 확연히 다르게 느껴집니다.

구식 같다 핀잔하셔도 별수 없지만, 제 꿈은 현모양처(賢母良妻)였습니다(물론 아직도 현모양처를 꿈꿉니다). 남편 내조 잘하고, 아이 잘 키우는 지혜로운 여자, 현모양처!

현모양처 하면 대부분 사람들은 신사임당을 떠올리실 겁니다. 위대한 학자이고 정치가였던 율곡 이이의 어머니로 자식을 잘 키워낸 인물이지만 동시에 천재 화가이기도 했습니다. 위창 오세창이 저술한『근역서화징槿域書畵徵』에서는 신사임당을 동시대에서 산수화를 가장 잘 그리는 인물로 명성이 자자했다고 기록되어 있습니다. 타고난 재능은 감출 수가 없었던 것이죠.

감히 신사임당과 비교할 수는 없지만 저는 집안 잘 꾸미고, 자식들 건강하게 잘 키우고, 매일매일 정성스럽게 가족들을 위해 음식을 준비하는 현모양처를 꿈꿨습니다.

그런데 말이죠. 곰곰이 생각해봤을 때 저는 아직 그 근처도 가지 못하고 있는 듯합니다. 집 밖에서 이렇게 살아가고 있으니 말입니다. 역시 꿈이라는 것은 쉽게 이뤄지는 것은 아닌가 봅니다.

성수기가 끝나고 나면 6월 말경부터는 조금 한가합니다. 이 시기에는 제 꿈을 현실로 만듭니다. 주부가 되고 엄마가 되어 집안을 꾸미고 장식합니다. 마음에 드는 이불을 새로 사거나 이불을 모두 꺼내 세탁합니다. 커튼도 새로 바꿔 달지요. 계절에 맞는 색상으로 말입니다. 구석구석 청소도 합니다. 윤이 반짝반짝 나게 말이죠. 온 집안을 다 뒤집고 다시 꾸밉니다. 집안을 이렇게 제 맘대로 다 바꾸고 나면 정말 행복하고 뿌듯합니다. 집에 대한 애정이 더욱더 샘솟기도 하지요. 아마 주부님들 중에서 저랑 비슷하신 분들 계실 겁니다.

바쁜 행사 중에 짬이 나는 날에는 주변으로 나물을 캐러 나섭니다. 행사들이 지방 소도시인 경우엔 10분만 시내를 벗어나도 산이고 들이기 때문에 봄에는 냉이, 쑥, 달래, 가을에는 도라지, 고사리, 더덕 등 계절별로 산이나 들에서 캘 수 있는 나물을 찾아 나섭니다. 태생이 시골이라 그런지 이런 나물 캐는 일이 즐겁습니다. 힐링이 된다고 해야 할까요? 여기저기서 산나물을 뜯다 보면 시골 소녀가 된 듯이 재밌고 그 시절 꿈꾸던 현모양처의 꿈을 이룬 듯합니다.

현모양처가 꿈이지만 현실에서의 제 일상은 화

려한 의상을 입고 수많은 사람들 앞에서 춤을 추고 입
담을 나누는 시간이 대부분입니다. 정말 꿈에도 생각
지 못한 삶을 살고 있는 셈이죠.

　　그래도 저는 아직 꿈을 꿉니다. 아직 남은 인생이
많으니, 일상에서 소소하게나마 현모양처의 꿈을 이
루기 위한 일들을 실천하다 보면 언젠가는 그 꿈, 이룰
수 있지 않을까요? 벌써 꿈을 접을 수는 없지요.

 내 이름은
'GO하자'

품바와 각설이들의 이름을 얼마나 알고 계신가
요? 품바들의 이름은 익살맞고 개성이 넘칩니다. 제가
속한 사단법인 한국 품바예술인협회의 역대 회장을
지내신 남팔도 회장님, 살살이 회장님. 최고야 회장님,
길손 회장님…. 이름들이 소박하면서도 애잔합니다.

회원들 이름도 그렇습니다. 최고봉, 양푼이, 남칠
도, 방뎅이, 조질래, 귀공자, 찌질이, 조팔자, 조까치, 양

재기, 그리고 깡통…. 듣기에 민망한 이름, 직설적인 이름, 딱 들으면 잊히지 않는 이름, 그리고 때론 원색적인 이름들까지 각양각색입니다.

현재 한국 품바예술인협회 회장을 맡고 계신 저희 단장님 이름은 '깡통'입니다. 원래 단장님 이름은 '이쁜이'였다고 합니다. 과거에 여장으로 분장하고 활동했을 때 이름이라고 하시더군요. 이후에 다시 '깡통'으로 개명하셨다고 합니다.

여자 품바의 이름 또한, 재미있기도 하고 여성스럽기도 합니다. 홍단이, 조팔자, 삼순이, 버들이, 향기…. 버들이나 향기는 듣기에도 세련미가 풍깁니다. 젊은 품바구나 하는 생각이 드실 겁니다. 대다수의 이런 예명들은 단장님이 지어주기도 하고 선배가 지어주기도 하고, 어떤 이들은 본인이 직접 짓기도 합니다.

품바의 이름을 언급하다 보니 무척이나 순박하

고 직설적이고 단순하구나 하는 생각이 드는군요. 그래도 품위 있고 고급스럽기보다는 이름을 들었을 때 웃음이 터져 나오는 것이 이 직업의 이름으로 제격이라고 봅니다. 그래야 관객들이 편하게 느끼고 쉽게 다가올 수 있을 테니까요.

제 이름은 '고하자'입니다. 단장님이 지어주신 이름입니다. 일을 시작하고 예명을 지어야 했는데, 그때 단장님이 지어준 첫 번째 이름은 '꽃분이'였습니다. 예명이 딱히 중요한지 몰랐고 '지어주는 대로 하지' 했습니다. 그런데 그 이름을 다른 분이 사용하고 있던 터라 사용할 수 없었습니다. 그러던 차에 단장님께서 '앞으로 가자! 고고~~' 이런 의미로 '고(go)하자'가 어떠냐고 하셨습니다. 듣기도 나쁘지 않고 막 지은 듯이 안 느껴져 '고하자'로 결정했습니다. 좀 우습게 들릴 수도 있겠으나, 이처럼 품바와 각설이들의 예명은 아주 단순하게 지어지곤 합니다.

이름을 말하다 보니, 문득 1991년도에 개봉한 영화 중에 〈늑대와 춤을〉이란 영화가 생각납니다. 케빈 코스트너가 주인공이었는데 그의 극 중 이름은 두 개였습니다. 하나는 '존 덴버'였고, 또 하나는 인디언들이 지어 준 '늑대와 춤을'이었습니다. 그런데 지금까지 기억나는 이름은 '덴버'보다는 '늑대와 춤을'입니다.

이 영화에 등장하는 인디언 '수우족'은 이름을 지을 때 사람의 행동 중에서 나름의 특징을 잡아 이름을 지어 부른다고 합니다. 그래서 영화 속 인디언 족장의 이름은 '열 마리 곰(Ten Bears)'이었고, 청년의 이름은 '머리에 부는 바람(Wind In His Hair)', 그리고 인디언이 된 백인 여자는 '주먹 쥐고 일어서(Stands With A Fist)'였습니다. 그리고 주인공 케빈 코스트너의 이름은 늑대들과 어울리는 모습을 특징으로 잡아 '늑대와 춤을'로 지어졌지요.

　영화를 보면서 이름이 참 정직하고 사실적이라고 생각했었는데, 품바와 각설이의 이름들도 풍자적이면서 동시에 사실적이란 생각이 듭니다. 그래서일까요? 품바, 각설이들의 이름이라는 게 부르면 부를수록 정감이 더해지는 것 같습니다.

　제 이름, 고하자! 속전속결로 지어졌으나 부르면 부를수록 애정이 생겼습니다. 애정뿐 아니라 시간이 흐를수록 흡족했습니다. 관객들에게 어필하기 또한 쉬웠습니다.

　'고(go)하자!'

　정말 그 말처럼 go, go 했습니다. 그렇게 '고하자' 하면서 지금도 고(go)하고 있습니다.

제가
사이클
선수라고요?

행사나 축제에 참여할 경우, 짧게는 4일 정도부터 길게는 20일 정도까지 무대에 오릅니다. 하루도 쉬지 않고 무대에 오릅니다. 무대를 비워두는 시간은 없습니다. 무대를 비워두면 행사장 분위기가 다운되고, 분위기가 다운되면 찾아오는 관광객이 줄어들기 때문에 각설이, 품바 무대는 늘 음악이 있고 노래가 흐릅니다.

온종일 무대 위를 춤과 노래로 채워야 합니다. 그래서 단원들이 프로그램 순서에 따라서 돌아가면서 공연을 이끕니다. 저 역시도 하루에 두세 번 무대에 오릅니다. 무대에 오르면 기본적으로 3시간가량은 공연을 합니다.

격한 동작과 춤, 그리고 노래와 입담! 하루 10시간 정도를 무대에 오르고 나면 몸이 어떻게 될까요? 이렇게 10년 이상을 쉬지 않았다면 몸이 어떻게 될까요?

얼마 전의 일입니다. 열흘이 넘는 기간의 행사를 끝마치고 하루의 휴식이 주어졌습니다. 이럴 때 저는 사우나를 찾습니다. 지친 심신을 풀고 마사지도 받을 겸 말이죠.

이날도 모처럼 행사장을 찾아온 동생과 함께 사우나를 갔습니다. 세신사에게 몸을 맡기고 쉬고 있는데, 갑자기 동작을 멈추더니 제게 물었습니다.

"죄송하지만, 연세가?"

"네? 왜요?"

느닷없는 질문에 잠시 놀랐다가, 그 이유를 물었습니다.

"아니, 얼굴을 보면 나이가 좀 있을 거 같은데, 엉덩이가 20대 같으세요."

어찌나 웃음이 나던지요. 제 실제 나이에 비해, 엉덩이 나이가 그리 젊다고 하니 웃음이 나올 밖에요. 그러면서 또 여쭤보시더군요.

"혹시 직업을 물어봐도 될까요?"

그때 당시 제 다리에 멍이 좀 있었거든요. 그것을 보고 하는 질문 같았습니다.

"공사장에서 일해요."

그냥 얼버무리기 좋은 이 대답이 제일 먼저 떠올랐습니다. 그런데 이어지는 세신사의 답이 더 재밌었습니다.

"에잇, 등에 이렇게 잔 근육이 발달한 사람이 무슨 공사판에서 일하신다고. 운동선수 같기도 하시고…."

그러면서 웃으시더군요. 특이하다 생각하신 모양입니다.

충북 영동축제 기간 때도 그랬습니다. 평상복 차림으로 숙소를 알아보러 다니는데 숙소 안내대에 계신 분께서 확신에 찬 목소리로 "아~ 사이클 선수시군요. 알겠습니다."라고 하시더군요. 딱히 뭐라 답하지 않고, 그냥 피식 웃었습니다. 당시 영동에서 사이클 대회가 있었고, 우리 단원이 묵는 숙소에 사이클 선수단도 묵기로 되어 있었던 겁니다.

여러분들도 잘 아시듯이 사이클 선수들의 몸에는 군살 하나 없습니다. 전신이 알짜배기 근육으로 단단하지요. 몸에 딱 붙는 경기복을 입고 있는 모습을 보고 있노라면 놀랍기까지 합니다.

아마도 제 제구가 작고 단단해 보였던 모양입니다. 게다가 피부는 운동하느라 그을려서 가무잡잡하다고 여겼을 테지요. 제 피부가 조금 검은 편이거든요. 그래서인지 이런 오해, 특히 운동선수로 오해받는 일이 종종 있답니다.

 자기관리

　　몸 관리는 곧, 자기관리라고 생각합니다. 실제 나이보다 몸 나이가 더 젊은 사람들을 보면 역시 뭐가 달라도 다릅니다. 이 세계에 들어오기 전에도 운동을 좋아하기는 했지만 아주 열심히 하는 편은 아니었습니다. 그럴 시간도 딱히 없었고요. 하지만 워낙에 격렬하게 춤추고 장구치고 하다 보니 자연스럽게 운동 효과를 톡톡히 봅니다.

생각해보세요. 하루에 최소로 잡아도 8시간 이상을 무대에 서는데 군살이 어디 붙어 있겠습니까? 견뎌낼 재간이 없지요. 체질적으로도 살이 많은 편은 아니지만 그나마 있는 살도 버틸 수가 없을 것입니다. 다이어트를 할 필요 없습니다. 그래서 사이클 선수나 경보 선수로 오해받기도 하는 것이지요.

물론 그래도 제 나름의 건강관리의 비결은 있습니다. 비결이라기보다는 생활수칙이라고 하는 게 더 적절한 표현일 듯하네요.

우선 저는 술과 담배를 하지 않습니다. 사실 술은 조금 할 줄 알지만, 타인에게 '술 못하는 사람'으로 제 이미지를 설정해놓았습니다. 행사장에서 관객분들이 가끔 술을 권하더라도 절대 받지 않습니다. 정중하게 술을 못한다 거절하고 음료로 대신하지요. 이런 식으로 술을 안 마시다 보니 정말 못 마시게 되어버렸습니다. 담배는 원래 하지도 않았지만 배우려고도 하지 않았습니다.

그리고 음식은 절대 배불리 먹지 않습니다. 특히 밤늦게 먹으면 다 소화될 때까지 두어 시간은 움직이거나 깨어 있다가 잠자리에 듭니다. 먹고 바로 자는 일은 절대 하지 않습니다. 업계 특성상 하루 공연이 끝나고 숙소에 들어오면 보통 밤 11~12시입니다. 그 시간에 아주 늦은 저녁 식사를 하게 될 때가 많습니다. 하지만 저는 요기 정도만 합니다.

간혹 있는 단원 회식 때도 절대 과식은 하지 않습니다. 적당히 먹고 싶은 만큼 먹다가 배가 조금 불러온다 싶으면 숟가락을 놓지요. 먹고 싶은 대로 다 먹다 보면 건강 관리에 부정적인 영향을 줄 수 있기에 주의합니다. 처음에는 관리 차원에서 해왔는데, 이제는 습관이 되고 생활이 되어버렸습니다.

자세도 중요합니다. 한 살, 두 살 나이를 먹을수록 바른 자세를 유지하려고 노력합니다. 사실 20~30대 때에는 자세에 대해서 전혀 신경 쓰지 않았습니다. 바른 자세의 필요성도 느끼지 못했고요. 하지만 40대 접어들고, 이 세계에 들어와서는 자세의 중요성을 실감하고 있습니다. 앉아 있을 때도 허리를 꼿꼿하게 펴고 앉으려고 하고, 걸을 때도 당연히 일자로 걸으려고 의식적으로 노력합니다.

엉덩이에 힘을 주고, 허리는 넣는 자세로 걷습니다. 항상 몸이 처지지 않도록 긴장한 자세로 걷습니다. 꼿꼿하게 걷기 위해 노력합니다. 모델들이 바른 자세로 늘 자기관리를 하듯이 모델핏이 나는 건 아니지만 그 어떤 모델보다 바른 자세를 유지하기 위해 노력했습니다. 이 또한 수년간 의식적으로 노력한 덕분에 지금은 자세가 잘 잡혔습니다.

먹는 것, 취침 습관, 올바른 자세, 바르게 걷기!

처음에는 의식적으로 노력했으나 지금은 모든 게 습관이 되었습니다.

제 나름의 건강관리 생활수칙을 열거하다 보니, 제가 참 재미없게 사는 사람이구나 하는 생각이 드는군요. 하지만 매일매일 체력을 유지해야 하는 직업 특성상 이것들이 허물어지면 지금의 제 모습은 유지될 수 없을 겁니다.

처음에는 철저하게 지키고자 노력했던 생활수칙들이었지만, 이제는 큰 불편함 없이 제 몸에 습관처럼 배었습니다.

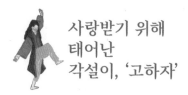

사랑받기 위해 태어난 각설이, '고하자'

각설이로서의 제 삶은 항상 팬분들과 함께해왔습니다. 그 팬분들 덕분에 노래할 수 있고, 행복하고, 살아간다고 감히 말할 수 있습니다.

가끔은 제게 다가와서 '갖고 싶다'고 말하는 팬들도 있습니다. 아주 당당하게 말이죠. 아, 오해는 마세요. 그들의 대부분은 남자가 아니고 여자니까요.

어느 날은 저보다 족히 열 살 이상은 젊은 여성

팬분이 "쳐다만 봐도, 눈만 마주쳐도 좋다"라고 말씀하며 저에게 뽀뽀하시려고도 했습니다. 계속 눈물을 흘리시면서 말이죠.

　이렇게 과한 팬심으로 저를 당혹스럽게 하시는 분들이 계시기는 하지만 그분들 또한 저를 사랑해주시는 팬분들이기에 이분들을 어떻게 대하는 게 좋을지, 앞으로 어떤 각설이가 되어야 하는지 끊임없이 생각하고 고민합니다.

　물론 다르게 팬심을 전하시는 분들도 계십니다. 한 분은 큰 병을 앓았고 회복하는 과정에서 우연히 제 노래를 들었다고 하십니다. 그런데 제 노래를 듣는 내내 흐르는 눈물을 주체할 수가 없었다고 하셨습니다. 매일매일 제 노래를 들으시며 힘을 얻고 살아야겠다는 의지를 더욱 강하게 다지셨고, 회복 후 저에게 감사의 마음을 표현하기 위해 선물을 들고 행사장으로 직접 찾아오셨답니다.

　팬 중에는 스님도 계십니다. 계절마다 제철 되면 몸에 좋은 약초들을 직접 보내주시고, 보약도 지어 보내주시죠. 제가 공연하는 것을 우연히 봤는데 그 기억이 그리 좋으셨다면서 말이죠. 한번은 저의 어떤 점이 좋으시냐고 여쭤봤습니다. 스님께서는 제 노래에 한이 있어서 좋다고 하시더군요. 제 노래를 듣고 있으면 빠져들고, 그러다 보면 눈물도 찔끔 난다 하십니다. 스님이 특히 좋아하시는 노래는 나훈아 가수의 '까치가 울면'이란 노래입니다.

　　산 까치가 울면 까치가 울면
　　오늘은 반가운 오늘은 반가운 소식 있으려나
　　기다려도 기다려도 서울 간 그 사람은
　　오지를 않네 오지를 않네
　　오늘도 산 까치는 나를 속였나

제 행사장마다 늘 찾아오시는 팬들을 보면 부부, 자매, 이웃, 친구 등 다양한 팀들이 있습니다. 통영에서 오시는 부부는 응원피켓까지 만들어 제 무대를 즐기십니다. 경기도의 자매는 김치나 밑반찬을 해오시기도 하십니다. 겨울철에는 반찬이며 먹을 것들을 택배로 보내주시고요. 바빠서 자주 오시지 못하는 팬 중에는 제 무대의상을 직접 만들어 보내주시는 분도 계십니다. 옷 만드는 일이 취미라고 하시며 이런저런 의상을 직접 만들어서 보내주시죠. 저는 그 옷을 입고 무대에 선 모습을 찍어 보내드립니다.

팬분들의 사랑으로 저는 정말 온 힘을 다해 공연에 임합니다. 팬분들이 보내주신 음식을 먹고 옷을 입고, 그분들의 힘찬 응원을 한몸에 받으며 사는 제가 할 수 있는 답례는 최고의 공연을 보여드리는 것, 그것밖에 없으니까요.

지난봄에는 암을 앓던 팬분이 돌아가셔서 급히 조문을 다녀왔습니다. 늘 부부가 함께 행사장에 오시던 분이신데, 한 분이 갑자기 암 판정을 받으셔서 3개월 만에 세상을 떠나셨지요.

돌아가시기 전, 마지막 소원으로 제 공연을 보고 싶으시다며 한겨울에 화천 산천어축제에 오셨습니다. 한창 공연 중인데 휠체어에 앉아 무대를 바라보고 계시더군요. 그분이 특히 좋아하는 노래가 있었는데, 바로 '사랑아 내 사랑아'라는 노래입니다.

창밖에 비가 내리면
감춰둔 기억이 내 맘을 적시고
잊은 줄 알았던 사람
오히려 선명히 또다시 떠올라
내 사랑아 사랑아 그리운 나의 사랑아
목놓아 불러보지만 듣지도 못하는 사랑

내 사랑아 사랑아 보고픈 나의 사랑아

그대 이름만으로도 베인 듯 아픈

사랑아 내 사랑아

　두 눈을 지그시 감고 노래를 들으시던 그분의 모습이 지금도 눈에 선합니다. 투병 중이신 팬분께 노래로 위로 드릴 수 있었다는 게 얼마나 감사한 일인지 모릅니다.

 백숙
오라버니

"우리 하자 님이 부르는 노래는 뭐랄까? 한이 맺힌 소리지."

"하자 님의 목소리는 진실함이 묻어 있지요."

일을 쉬는 날이면 백숙을 끓여서 제가 공연하는 곳으로 쏜살같이 달려오시는 한 오라버니의 말씀입니다.

늘 아내분과 함께 오시는 이 오라버니는 평생 안

하던 요리를 저를 먹이고자 하기 시작했다고 하십니다. 처음에는 우스갯소리로 들었는데 아내분이 정말이라며 덕분에 자기도 얻어먹는다고 말씀하시더군요.

"하자 님 먹이려고 대접도 20개 사고, 숟가락, 젓가락도 세트로 샀습니다."

"저는 겉절이 담당입니다."

"하자 님이 가래떡을 좋아한다 해서 이번에 뽑아 왔지요."

매번 공연장을 찾아올 때마다 빈손으로 오신 적이 없습니다. 그저 마음만으로도 고마운데, 아니 자그마한 선물이어도 너무 감사한데, 이 오라버니는 양손을 무겁게 하고 오십니다.

제 걱정을 얼마나 많이 하시는지 친오빠보다도 더 친오빠 같습니다. 가볍게 먹어서는 든든하지 않으니 잘 먹어야 하고, 배가 든든해야 노래도 잘 나오고 기운이 나서 장구도 잘 친다며 자주 찰밥을 해오십니다. 옛 우리 어르신들은 든든하려면 멥쌀밥보다는 찹쌀밥이 좋다셨지요. 멥쌀은 쉬이 배가 꺼지지만, 찹쌀은 오랫동안 든든하다고 말입니다. 이 오라버니도 이런 까닭에 찰밥을 지어 오신다고 하십니다.

찰밥뿐만이 아닙니다. 오라버니의 백숙요리 또한 찰밥 못지않습니다. 제가 보기엔 대한민국에서 최고의 실력이라고 해도 될 만큼 수준급이십니다.

얼마 전에도 오가는 길이 너덧 시간이 넘는 서천까지 밤에 찾아오셨습니다. 아내분과 아내분 친구와 함께 말이죠. 그리고는 자정을 넘길 때까지 살아가는 얘길 나누다가 가셨습니다. 제아무리 절친한 사이라도 해도 이러기 쉽지 않은데 말이죠.

이 오라버니의 SNS 메신저에는 '하자팬' 방이 있다고 합니다. 회원 수가 30여 명에 달하는데, 다들 저

를 좋아해서 알게 된 사람들이라고 합니다. 각자 이름
은 몰라도 어디의 누구 엄마로 표시해두고 서로 안부
를 묻고 가끔은 제 얘기도 하고 한다더군요.

　　이런 사람들과의 인연을 '길거리 인연'이라고 하
시며, 서로 각자 살아가다가 우연히 길에서 만나 인연
이 되고 그 인연으로 이렇게 서로 위로를 주고받으니
이것이 진짜 사람 사는 정이 아니겠냐 하십니다. 이 나
이에 아무런 기대나 욕심 그리고 바라는 것 없이 편하
게 만날 수 있는 인연을 맺는 것이 쉬운 일이 아닌데,
그것을 고하자가 해줬다고 말씀하십니다.

　　"어느 날 우연히 간 행사장에서 누가 '사랑아'란
노래를 부르는데 한 번 듣고 반했지요."

　　그렇게 한 일 년을 남몰래 짝사랑 아닌 짝사랑을
하다가 공연장을 찾아오셨다는 백숙 오라버니. 이런
팬들을 뵈면 저 자신에 대해 다시 한번 생각하게 됩니
다.

큰 철학을 가지고 무대에 서는 것도 아니고, 대단한 일을 계획하는 것도 아닌데, 그저 내가 좋아서 하는 일인데 백숙 오라버니를 포함해 전국 곳곳에 많은 팬분들이 이토록 제게 감사하다고 하시니 몸 둘 바를 모르겠습니다.

받는 성원과 사랑이 이토록 큰데 이 일을 하면 할수록 제 마음가짐이 어찌 무겁지 않겠습니까?

공연장에서

과거의 각설이, 품바들은 대부분 장터를 옮겨 다니면서 노래하고 춤추고 물건을 팔았습니다. 하루하루가 곧 생존이었죠. 현실이 이렇다 보니 가는 곳마다 싸움터였습니다. 각자 살기 위한 투쟁이나 다름없었으니 거칠어질 수밖에 없었겠지요. 그 시절을 몸소 겪은 단장님의 표현에 따르면 매일매일 파스를 한 상자씩 몸에 붙이고 살았다고 하십니다. 요즘 같아서는 상상할 수도 없는 일이지요.

제가 겪었던 일들도 지금 생각해보면 모양새는
달라도 비슷한 성질인 듯합니다. 제가 초보였을 때, 그
러니까 이 세계에 들어온 지 채 1년이 되지 않았을 즈
음이었습니다. 무대에 물건을 던지는 일은 아무것도
아니요, 한창 공연 중인 여자 단원의 치마를 들추는 일
도 잦았습니다.

그 당시 저도 그런 일을 겪었는데, 정말 수치스럽
고 화가 치밀었습니다. 각설이나 품바는 막 대해도 된
다는 잘못된 인식이 있던 때라 행사장 분위기를 생각
해 대놓고 화도 못 내고 울며 겨자 먹기로 넘어가야 했
습니다. 지금은 그런 일이 없지만 말입니다. 만약 요즘
어떤 관객이 그런 행동을 한다면 단원들이 가만있지
도 않을 것이고, 다른 관객들도 핀잔을 줄 겁니다. 그
리고 지금의 저라면 그 관객이 오히려 민망할 만큼 더
능글맞게 받아쳐 줄 테고요.

잊을 수 없는 에피소드 중 하나는 목포에서 열린 행사에 참여했을 때 일어난 일입니다. 무대를 지켜보던 남자 관객이 우리 여자 단원에서 편지를 건네주었습니다. 여자 단원은 그 편지를 받고 아주 좋아하면서 숙소에 와서 펼쳐봤지요. 그런데 그 편지 내용에는 협박성의 글이 적혀있었습니다. 생명을 위협하는 아주 잔인한 내용의 글이었습니다. 문장을 보니 공부를 꽤 한 유식한 사람 같았습니다. 한자를 써가면서 조목조목 여자 단원을 위협하고 있었죠. 이 일로 여자 단원은 무척이나 상처를 받았습니다. 그리고 겁에 질려 무서워했지요. 두려움에 그 다음 날 무대에 오르지도 못했습니다. 제가 대신 무대에 올랐지요.

그런데 관객석에 편지를 건넨 그분이 와 계셨습니다. 그래서 제가 공연 도중에 자연스럽게 그분에게 다가갔습니다. 그리고 여쭤봤습니다.

"어디 사세요? 오라버니"

"예전에 뭐하셨어요?"

목포가 고향이고 수학 선생님을 했다고 하시더라고요. 지금은 딱히 하는 일은 없다셨습니다. 주변 분들 말씀이 이분께서 국가 사범으로 몰려 심한 고문을 당했다고 하시더군요. 감옥에서 풀려난 지 얼마 안 된 시점에 우리 행사장을 오신 거였고요.

그러고 보니 그분의 표정이나 태도가 정상적이지 않으셨습니다. 다행히 이후 별다른 일은 일어나지 않았지만, 그런 속사정을 듣고 나니 안쓰럽기도 했고, 우리 단원도 이후 안심할 수 있었습니다.

그런데 인연이라는 게 참 묘한 것이 그로부터 몇 년 후 그분을 또다시 만났습니다. 무안에서 행사할 때였습니다. 말끔하게 차려입고 즐거운 미소를 머금으시고 저희 공연을 관람하고 계셨습니다. 제가 사람 기억하는 능력이 남다른데, 먼저 다가가서 인사를 건넸습니다.

"오라버니, 목포에서 뵈었었죠?"

그분께서도 기억하고 웃으시더군요. 그래서 그때 물었어요. 우리 여자 단원한테 편지 준 것, 그 편지 내용에 대해서 말이죠. 그러자, 자기가 이러저러한 일로 누명을 쓰고 옥살이를 했는데 고문을 많이 당해서 그 후유증이 심했었다고요. 한동안 그 후유증이 심각했는데, 그때도 그 상태가 지속되던 시기였다고 하시더군요. 하지만 이젠 많이 완치되었다고 하시면서 당시에 미안했다고 우리 단원에게 전해달라고 사과를 전하셨습니다. 다행히 직접 말씀을 해 주셔서 오해는 풀렸고 (이미 저희는 사연을 대충 들었기에 오해는 안 했지만) 저희도 한결 마음이 가벼웠습니다.

이렇듯 전국을 다니다 보면 다양한 사연을 가진 관객들을 만나게 됩니다. 그분들은 저희 공연을 보면서 잠시 웃음을 머금고 저희도 관객 한 분 한 분의 사연은 모르지만, 저희를 보고 즐거워하시는 모습에 만족해하지요.

세상 사는 것이 다 거기서 거기잖아요. 어쩌면 지금은 저희 공연을 관람하는 관객이시지만 관객분들의 삶 또한, 또 다른 공연 무대의 주제가 될 수도 있지 않나 싶습니다.

격이 다른
품바가
되고 싶다

모든 분야가 그러하듯이 우리 세계도 매일매일 분발하지 않으면 오래갈 수 없고 최고의 자리에 오를 수 없습니다. 새로운 무대 안무와 무대 구성을 짭니다. 혼자 무대에 오를 때와 함께 무대에 오를 때의 역할도 적절하게 나눕니다.

무엇보다도 신경을 쓰고 있는 것은 입담 즉 '멘트'입니다. 처음 일을 시작할 때는 멘트 없이 노래만

했습니다. 그 뒤에는 남자 단원과 듀엣으로 무대에 올라 멘트를 했습니다. 당시 멘트라고 해봐야 남자가 선도하면서 던지는 말을 받아치거나 대꾸하는 정도로 수동적이었죠. 하지만 단독으로 무대에 오르기 시작하면서부터는 선곡도 더욱 다양해야 했고, 저만의 개성 있는 멘트도 개발해야 했습니다.

살아 있는 멘트를 하자.
생활 속의 멘트를 하자.
공감할 수 있는 멘트를 하자.
세상의 이야기를 멘트로 하자.

원래 각설이, 품바의 입담 즉 멘트는 세상에 대한 풍자였습니다. 저는 이런 각설이의 본질을 잇고 싶었습니다.
또한, 단장님께서도 늘 말씀하셨죠.

'억지로 웃기지 마라', '생활에 도움이 되는 말을 해라', '무슨 이야기든 쉽게 풀어 이야기해라', '반말하지 말고 욕하지 말고 공손하게 존댓말을 써라'.

아침이면 일어나서 항상 텔레비전이나 휴대전화로 오늘의 주요 뉴스를 눈여겨봅니다. 밤사이에 무슨 일이 일어났는지, 사회적으로 문제였던 사건은 어떻게 밝혀지고 있는지, 외국에서는 어떤 큰일이 벌어지고 있는지, 그리고, 지금 공연하고 있는 이 지역의 중요한 이슈는 무엇인지 등 이런 부분을 챙겨보고 찾아봅니다. 그 속에서 오늘 공연의 주요 이야깃거리를 찾고 무엇을 이야기하는 것이 좋을지 미리 아이디어를 준비하는 것이죠.

생각해보십시오. 한 행사장에 가서 보통 열흘 공연을 한다고 가정하면 저는 하루에 최소 3번의 단독무대를 진행하게 됩니다. 한번 무대에 오를 때 보통 2시간 정도 공연을 합니다. 계산을 해보면 단독공연 하루 6시간, 열흘간이라고 가정하면 60시간에 달합니다. 60시간을 모두 노래와 춤, 그리고 멘트로 꾸며야 합니다. 물론 멘트(입담)는 중간에 양념 치듯이 들어가지요. 보통 일이 아닙니다.

그렇다면 관객들의 입장은 어떨까요? 행사장에 한 번 오시는 분들도 있지만 매일 출석하여 고정된 자리에 앉아 보시는 분도 계십니다. 무대에 오르는 저로서는 사실 가장 무서운 분들이 이런 분들입니다. 어제도 온종일, 오늘도 온종일, 내일도 온종일…. 그야말로 행사 기간 내내 하루 종일 공연을 보시거든요.

그래서 공연 내용은 이분들이 느끼시기에 지루하지 않아야 하는 게 관건입니다. 멘트가 항상 달라야 하기에 오전 공연에서 했던 멘트를 오후 공연에서 하면 안 됩니다. 멘트가 공연마다 같으면 한 번 오신 분이 또 오실 이유가 없지요. 그래서 늘 색다른 소재와 그날그날의 이슈들을 찾는 것입니다. 하루도 빼놓지 않고 신경을 쓰는 부분이 바로 이 부분입니다.

무엇보다도 저는 관객을 무조건 웃기려고 하지 않습니다. 상황에 따라서 편안하게 말하고, 목적을 갖고 말하려고 합니다. 또한, '이 무대에서만큼은 내가 주인공'이라는 생각으로 관객에 끌려가지 않고 관객을 압도하려고 최선을 다해 임합니다.

 나에게
여행이란

　해마다 명절 연휴, 휴가철이면 인천공항은 인산
인해를 이룬다는 뉴스를 한 번쯤 접해보셨을 겁니다.
여행은 이젠 모든 국민이 즐기는 여가활동이 되었습
니다. 요즘 젊은이들은 취미 생활이 해외여행인 경우
가 많더군요. 산을 좋아하면 외국의 산을 가고, 스노클
링을 좋아하면 멋진 바다를 찾아 떠나고, 좋아하는 가
수나 밴드의 공연을 보기 위해 떠나고….

문득 우리나라가 언제부터 이렇게 해외여행을 누구나 갈 수 있었나 하는 생각을 해봤습니다. 제가 20대일 땐 해외여행은 꿈도 못 꾸었습니다. 초등학교 (그 당시 국민학교) 시절에는 꿈이 비행기 타는 것일 정도였다고 하면 믿으실까요? 그래서인지 요즘 젊은이들이 관광을 넘어서서 취미 생활을 위해 해외여행 떠나는 것을 보면 멋지고 부럽고, 우리나라가 참 많이 발전했고 달라졌구나 하는 생각이 듭니다.

　　어느 항공사에서 '인생은 여행이다'라고 광고합니다.

　　여행! 좋지요. 하지만 유랑생활과도 같은 생활을 하는 제게는 어딘가로 여행을 간다는 것은 큰 의미가 없습니다. 차라리 시간이 좀 나면 그냥 집에 있고 싶을 뿐이죠. '시간적인 여유가 생기면 여행은 싫고 차라리 집에 가서 쉬고 싶다.'는 것이 제 본심입니다. 오로지

여행만을 위한 여행을 다녀본 기억은 가물가물합니다. 얼마 전에 친정어머니를 모시고 강원도 일대를 다녀온 것이 저의 마지막 여행입니다. 해외여행은 더욱더 생각해보지 못하고 살아왔습니다. 그래도 다행스러운 것은 하고 싶은데 못하는 것이 아니라는 사실이죠.

가끔 해외공연을 나갑니다. 멀리는 아니지만 일본이나 중국으로 갑니다. 십여 년 전 아니 그보다 더 오래전 각설이나 품바가 개인 브랜드로 활동할 때, 일명 '네임드' 각설이들의 해외공연은 지금보다 훨씬 많았다고 하더군요. 우리 단장님이신 '깡통'님께서도 과거 잘 나가던 때는 일본으로 미국으로 재외 동포를 위한 위문 공연을 다니셨다고 합니다. 지금도 가끔 그때의 사진을 보여주시면서 자랑하시는데, 언뜻 보면 여자 같습니다(당시 여자로 분장하고 활동하셨다고 합니다).

여행의 진수, 여행의 백미는 크루즈 여행이라는 말을 들은 적 있습니다. 주변에서도 크루즈 여행을 계획하시는 분들 많으시더라고요. 최근에 선상 공연차 중국을 다녀왔습니다. 이럴 경우는 여행도 하고 공연도 하고 일거양득입니다.

크루즈 여행상품을 보면 가수를 초대하기도 하고 공연단이나 예술단을 초청하기도 합니다. 때로는 우리 예술단과 같은 각설이를 중심으로 여행상품을 구성하기도 합니다. 크루즈를 타고 이동하는 동안 선상에서 각종 쇼와 공연을 보여주는 그런 여행상품입니다. 일종의 선상 공연을 올리는 것이죠. 선상에서의 각설이 공연이 종종 여행상품으로 활용되는 것을 보면 아마도 많은 분들이 저희 공연을 '여행에서의 색다른 재미'로 느끼시는 듯합니다.

하지만 뱃멀미라는 악재를 겪기도 합니다. 이 뱃멀미는 배가 작을수록 더합니다. 중국 선상 공연의 경

123

우는 배가 워낙 크니까 멀미를 안 했는데, 일본 크루즈 여행에 대한 기억은 수년이 지났으나 아직도 큰 트라우마로 남아 있습니다. 공연할 때는 무대 위에서 심취해있어 잘 모르다가 공연이 끝나고 짐을 정리하거나 할 때, 파도가 거세지거나 배가 휘청거리며 쏠릴 때는 정말 대책이 없습니다. 내 몸속에 그렇게 많은 음식이 있었다는 게 믿기지 않을 정도지요. 지금도 그 생각만 하면 가만히 있다가도 속이 울렁거립니다.

크루즈 여행 때 보통 우리 예술단은 두세 번의 공연을 합니다. 여행을 출발하여 저녁 식사 후에 하기도 하고, 귀국길에 하기도 합니다. 그리고 나머지 시간에는 저희도 여행을 합니다.

일본, 중국 쪽 크루즈 여행의 승객들은 대부분 한국인입니다. 외국인들이 거의 없습니다. 이 부분이 늘 아쉽습니다.

앞으로의 바람 중 하나는 크루즈 여행이든 다른 여행이든 기회만 된다면, 외국인들이 많은 곳이나 해외에서 우리 각설이, 품바의 문화를 자랑스럽게 선보이는 공연을 해보는 것입니다.

 ## 죄인 아닌
죄인

바람이 불면 부는 대로 구름이 가면 가는 대로

정처 없는 우리네 인생 한도 많고 설움 많은

자네와 나는 삼류 아닌 일류라네.

오늘은 어디에서

마스카라 립스틱에 분단장을 곱게 하고

한도 많고 설움 많은

당신과 나는 섹시한 풍각쟁이야 허야디야~

제가 공연에서 부르는 노래 '풍각쟁이'의 가사입니다. 시장이나 이집 저집을 돌아다니며 노래 부르거나 악기를 연주하면서 돈을 얻으러 다니는 사람을 일컫는 풍각쟁이의 삶. 각설이, 품바의 삶과 닮았다고 할 수 있지요. 전국을 떠돌고 때로는 해외에 공연을 다니면서 늘 뜨내기 삶을 살아가고 있습니다. 방랑자의 삶이요, 집시의 삶이라고도 할 수 있지요. 사람 노릇? 당연히 못 하고 삽니다.

3월이면 저 남쪽 광양의 매화축제를 시작으로 본격적으로 수많은 축제와 행사들이 시작됩니다. 한해 살이가 시작되는 것입니다. 그런데 친정아버지 제사가 4월입니다. 갈 수가 없지요. 축제와 행사 일정을 소화하기에도 버거우니까요. 이 각설이 세계에 발을 들이고는 친정아버지 제사는 거의 못 갔습니다.

이런 불효가 있을까요? 저를 무척 예뻐하셨던 아

버지 제사인데 저는 그 시간에 다른 어딘가에서 춤을 추고 노래를 부르고 있습니다. 그것도 아주 신명 나게 말이죠.

무대에 올라서는 '부모님 살아계실 때 효도해라', '가족에게 잘해라' 말하면서 정작 저 자신은 행동으로 옮기지 못하고 있으니 적반하장이라고 해야겠지요.

친정어머니 생신에도 자식 구실을 못 합니다. 늘 바쁘다는 핑계로 참석을 못 하죠. 이렇게 말하고 보니 참으로 제가 못난 자식이네요.

하지만 저만 그런 것이 아닙니다. 무대에 오르는 단원들 대부분 저와 같은 처지입니다. 한 단원은 방송 출연 중에 부모님께서 돌아가셨다는 연락을 받았습니다. 하지만 방송을 멈추고 갈 수가 없었습니다. 게다가 더 서러운 것은 방송에서 웃고, 웃기는 각설이 연기해야 한다는 것이었습니다. 부모님께서 돌아가셨는데 내

색하지 않고 관객을 웃겨야 한다는 사실, 그 어떤 말로도 표현할 수 없는 심정이었을 겁니다.

온 가족, 일가친척이 모이는 가족 행사도 시간 맞춰 참석하기가 여간 어려운 게 아닙니다. 얼마 전에 있었던 조카 결혼식도 못 갔습니다. 시조카, 친조카, 친정 오빠의 회갑, 큰언니의 칠순 때도 예정된 불참자입니다.

대부분의 가족 행사는 늘 주말을 끼고 있습니다. 행사나 축제도 주말 공연이 가장 중요합니다. 이러니 못 갈 수밖에요. 예술단의 스텝이나 보조 단원들은 빠져도 되지만 저는 매번 무대에 올라야 해서 빠질 수가 없습니다. 매번 행사의 조건에 '고하자'는 반드시 출연해야 한다는 조항이 있는 데다가 봄가을에는 눈코 뜰 새 없이 바쁜데. 결혼식이나 가족 잔치들도 대부분 이 시기에 있으니 어쩌겠습니까.

이렇게 수년간 매번 가족 행사에 빠지다 보니 미

안한 마음과 동시에 저 자신과 직업에 대한 회의가 들기도 합니다. 그래서 일을 마치고 숙소에 들어가 가족들과 통화하고 나면 가끔 눈물이 흐르기도 한답니다.

들통이 나고
말았다!

지금은 모든 가족이 제가 각설이 하는 것을 알고
있습니다. 또한, 지금은 아들도 단원이 되어 음악을 담
당하고 있지요. 그래서 일하는 것이 한결 여유롭고 마
음이 편안합니다. 하지만 십여 년 동안은 숨기고 거짓
말을 해가면서 일을 해야 했습니다. 그러니 제 마음이
얼마나 힘들고 괴로웠겠습니까?

이 업계에 몸담고 대략 5년쯤 지나서였을까요?

물이 오르기 시작해 전국 축제를 누비기 시작할 시기
였습니다. 강릉 단오제에서 막 공연을 마치고 무대 뒤
로 오는데 저희 단원이 제 본명을 말하면서 누가 찾아
왔다고 말하더군요. 그 당시는 저를 찾아올 사람이 딱
히 없기도 했고. 예명을 쓰기 때문에 단원들끼리는 본
명을 잘 모를 때라 당황스럽고 깜짝 놀라 어찌할 바를
몰랐습니다. 그래서 그럴 리가 없다고 시치미를 떼며
누구라고 하더냐고 묻던 찰나, 갑자기 무대 뒤로 한 사
람이 들어왔습니다.

아뿔싸! 바로 조카였습니다.

강릉 단오제에 놀러 왔는데, 어딘가에서 귀에 익
은 목소리가 들리더랍니다. 그래서 와 보니 제가 노래
를 부르고 멘트를 하고 있었던 겁니다.

조카로서는 긴가민가했을 겁니다. 비슷도 하고
아닌 듯도 하고 말이죠. 분장을 하고 있긴 했으나 못
알아볼 정도의 분장은 아니었습니다. 게다가 목소리는

더더욱 속일 수가 없었습니다.

조카와 이런저런 얘길 나누고 조카에게 저를 봤다는, 이런 일을 한다는 말을 절대 하지 말아 달라고 입단속을 해야 했습니다. 가족이 알고 형제자매가 알면 좋아하지 않을뿐더러 격려해줄 일도 아니고, 되레 한마디씩 할 테고…. 저 또한 모두를 속인 것에 미안한 상황이 될 테니까요.

생각해보세요. 여러분의 언니가 혹은 동생이 각설이, 품바로 전국을 다니면서 공연하고, 때론 관객들의 놀림이 되고 험한 소리도 들으며 살아간다고 하면 흔쾌히 이해할 수 있으신가요? 아니, 이해는 바라지도 않고 도리어 창피하게 생각하지 않으실까요? 아무리 각설이나 품바가 옛날보다는 나은 환경이라지만 말입니다. 다행히도 조카는 제 심정을 이해했고 한동안 이 비밀은 유지될 수 있었습니다.

하지만 세상에 끝까지 가는 비밀은 없지요. 몇 해 전 금산 인삼 축제장에서 가족들 모두가 알게 되었습니다. 마침 추석 때라서 형제자매 가족들이 모두 친정 집에 모였습니다. 저도 금산축제에 공연계획이 있어 겸사겸사 시간 내 친정에 들렀고, 바빠서 늘 가지 못했던 아버지 성묘도 다녀왔지요. 모처럼 자식 노릇을 했습니다.

추석 가족 모임을 마치고 바삐 공연장으로 와 분장을 하고 무대에 올랐습니다. 한참을 무대에서 신나게 노래를 하고 있는데, 객석 저 멀리에 가족들이 무대를 바라보고 있는 것이 아니겠습니까? 무대에서 공연하면서 관객들과 일일이 눈을 마주칠 여유가 생겼던 터라 단번에 눈이 마주치고 말았습니다. 이미 엎어진 물이었습니다. 그저 담담하게 평상시처럼 무대를 잘 마쳤습니다.

이미 가족들은 제 무대를 보고 저인 것을 눈치챘

을 텐데 의외로 가족들의 반응은 별것 없었습니다. 저는 내심 고마우면서도 미안한 마음이었습니다.

다만, 치매를 앓고 계신 친정엄마가 염려되었습니다. 혹시 충격을 받으시는 건 아닐까 싶었습니다. 친정엄마는 치매를 앓고 계십니다. 일상생활에 지장도 있고, 당연히 혼자 다니시지는 못합니다. 모든 상황을 완전히 기억 못 하시는 것은 아니고 드문드문 기억하십니다. 누군가는 귀여운 치매라고 표현하기도 하더군요.

그런데 이날 엄마는 무대에서 노래하는 제 목소리를 정확하게 알아들으셨습니다. 노래를 들으시고는 제 이름을 언급하셨다고 하더군요.

"야야~ 네 누나 목소리 같으다." 하시면서요. 그래서 동생이 이렇게 말했다고 합니다.

"누나라고? 아닌 거 같은데?"라고요.

친정엄마에게 더 죄송스러운 이유는 엄마의 치

매가 지금보다 심해지시기 전에 있었던 일 때문입니다.

한번은 우연히 엄마와 같이 금산 인삼 축제장을 왔었습니다. 당시 제 공연은 없었지요. 축제장에 와 다른 예술단의 각설이와 품바 공연을 함께 봤습니다. 그러면서 엄마한테 슬쩍 여쭤봤습니다.

"엄마, 나도 저런 걸 해볼까? 노래도 잘하는데 말이야."

했더니, 엄마의 반응은 싸늘했지요.

"어디 할 게 없어서 그런 걸 하냐! 어디 가서 땅을 파는 게 낫지!" 하셨습니다.

그런데 이때, 여장으로 분장한 남자 각설이가 우리 모녀에게 다가왔습니다. 그러면서 "어머니 오셨어요." 하는 겁니다.

그러자 엄마는 그 각설이에게 이렇게 말씀하셨습니다.

"아이고! 사내놈이 고추 떨어지게 이런 걸 하고 있어?"

엄마의 급작스러운 말과 행동에 각설이는 당황해하며 허허 웃으면서 뒤로 물러섰지요.

물론 그 여장 남자 각설이의 분장이 요즘처럼 세련되지 못했고 딱 봐도 남자임이 분명하고, 의상도 남루한 거지 복장이어서 보기에 썩 좋은 모습은 아니었지만, 어쨌든 엄마는 거침없이 그렇게 말씀하셨습니다. 저는 속으로 말할 뿐이었습니다.

'엄마 딸도 하고 있는데…'

이렇게 싫어하신 엄마인데, 정작 당신 딸이 이런 일 하고 있다고 하면 얼마나 가슴이 아프실까?

그런데 다행스럽다고 해야 할지, 아니면 불행하다 해야 할지…. 그 사이 엄마의 치매가 더 진행되셔서 그때 하셨던 그 말씀을 기억하지 못하시더라고요. 순

간 기억하시다가도 또 시간이 지나면 금방 잊어버리
시니까요. 안타깝고 마음 아픈 부분이긴 하지만 한편
으로는 얼마나 다행인지 모릅니다.

 엄마,
내 엄마!

아들 넷, 딸 넷 팔 남매 내 자식들.

춤 나와요, 춤 나와. 먹거리 장단에 춤 나와요.

이 장단에 춤 못 추면 어느 장단에 춤을 추나.

얼씨구나 좋네. 지화자 좋아.

이렇게 좋은 날이 또 있을까요.

동그랑 땡, 동그랑 땡.

얼쑤 좋다, 정말 좋다.

동그랑 땡, 동그랑 땡.

무슨 노래인지 아십니까?

저희 엄마가 장구 치면서 읊조리시는 삶의 노래,
인생 노래라고나 할까요?

지금은 치매에 걸려서 당신이 하신 일이나 행동
을 잘 기억하지 못하시지만, 그런 상황에서도 지킬 것
과 지켜야 할 것들에 대해서는 잊지 않으시고 특유한
어머니만의 잔소리를 하십니다. '정갈하게 앉아라', '짧
은 바지는 안 된다', '예쁘게 입어라', '모서리에 앉으면
안 된다', '음식을 남기면 안 된다' 등의 이야기를 저뿐
만 아니라 친구나 지인들이 찾아오면 똑같이 하십니
다.

한번은 친구가 찾아왔는데, 회색 바지에 검은 티
셔츠를 입고 있었습니다. 그러자 어머니께서는 단번
에, '왜 그렇게 칙칙하고 어둡게 입었느냐?' 하시면서

밝고 예쁘게 입으라고 다그치시는 겁니다. 그러시면서,

"젊었을 때는 그렇게 입어야 써. 그리고 많이 놀러 다녀. 젊을 때 많이 놀아야 혀." 하고 덧붙이셨습니다.

또 이런 말씀도 하시죠.

"피곤하고 속상할 때는 삼겹살 구워서 소주 두 잔 쫘악 마시면 잠도 잘 오고 좋아."라고 말입니다. 아주 쿨하게 말이죠.

치매를 앓기 전 어머니는 제 행사장에 단 한 번도 오신 적이 없으셨습니다. 제가 어떤 일을 하는지 모르셨으니 당연하죠. 그리고 치매를 앓고 나서는 더더욱 오실 일이 없으셨죠. 혼자 다니시지 못하니까요.

그런데 얼마 전, 동생이 어머니를 모시고 행사장에 찾아왔습니다. 객석에 앉아 딸이 무대를 지켜보시는 어머니. 흥겨운 각설이 무대 장단에 당신의 흥을 이기지 못하시더군요. 후배 단원이 공연을 하는 순서였는데, 단장님께서 어머니를 불러 무대 위로 모셨습니다. 그리고는 어머님께 장구를 드리면서 노래 한 곡을 청했습니다. 장구를 받아 든 어머니는 돌변하셨습니다. 장단에 맞춰 장구를 치며 노래를 하시는 겁니다. 각설이가 아닌 색다른 공연에 객석은 순식간에 또 다른 웃음바다가 되었습니다.

누구도 의식하지 않고 흥겹게 장구 장단에 노래하시는 어머니의 모습! 그 피가 어디 가겠어요. 제가 영락없이 닮은 거죠. 어머니의 흥겨운 장구 장단과 노랫말!

춤 나와요, 춤 나와. 먹거리 장단에 춤 나와요.
이 장단에 춤 못 추면 어느 장단에 춤을 추나.
얼씨구나 좋네. 지화자 좋아.

이렇게 좋은 날이 또 있을까요.

어머니는 이렇게 신명 난 당신의 마음을 장구 장
단에 맞춰 읊조리시는 겁니다. 그리고 노래 끝엔 '동그
랑 땡'으로 마무리하십니다.

동그랑 땡, 동그랑 땡.
얼쑤 좋다, 정말 좋다.
동그랑 땡, 동그랑 땡.

이게 무슨 말인지 아십니까? 어머니 노랫가락의
'동그랑 땡'은 바로 돈을 의미합니다. 노래 불러줬으니
내 노래 들은 사람들은 노랫값을 내라는 무언의 압박
인 거죠. 이렇게 해맑게 노래하시는 어머니를 보며 마
냥 애틋했습니다.
언제부터인지는 모르겠지만, 어머니께서는 이 노

래를 자주 부르십니다. 식탁에 앉아서 노래를 청하면 젓가락으로 장단 놀이를 하시면서 부르시고, 장구를 드리면서 노래 한 곡 청하면 흔쾌히 장구 장단과 함께 노래를 부르십니다. 치매이신데 신기하게도 이 노랫말은 한결같이 똑같습니다. '동그랑 땡'으로 마무리하는 것까지 말이죠.

어머니의 치매가 더 심해지시더라도 이렇게 흥겹게 노래하시는 모습만큼은 변치 않으셨으면 하는 바람입니다.

 단원은
동지이자
식구들

곰곰이 생각해보니 학창시절의 친구 중 지금까지도 만나는 친구는 거의 없는 듯합니다. 직업상 어쩔 수 없는 팔자겠거니 합니다. 하지만 직업을 통해서 얻은 귀한 친구들은 오히려 많습니다. 동료는 하나의 목표를 향해 함께 가는 친구지요. 고통도 역경도 함께 나누고 목표를 달성했을 때의 기쁨도 함께 나눕니다. 세상에서 가장 끈끈하고 두터운 정이 '동지애'라는 말을 들은 적이 있습니다. 부부애보다 더 강하다고 말하는 사람도 있더군요.

제게 가장 가까운 친구는 바로 우리 예술단원들입니다. 하나의 팀으로, 단원으로 생활하다 보니 모두가 동지요, 친구요, 동료입니다. 같이 먹고 자고, 거의 모든 시간을 같이 지내니 이웃사촌을 넘어서고 가족을 넘어서는 그런 존재들입니다.

우리 말에 '이웃사촌'이란 말이 있습니다. 가수 옥희 님이 부른 '이웃사촌'이란 노래도 있지요.

그러길래 이웃은 사촌이라 하지요.
멀리 있는 친척도 사촌만은 못해요.

제 기억에 남은, 인상적인 노래 가사입니다.

가깝게 자주 보고 늘 살 맞대는 사이, 그런 인간 관계라야 끈끈해질 수 있을 것입니다. 우리 단원들이 바로 제게 그런 존재들입니다.

행사나 축제의 규모에 따라서 우리 단원이 다른 단원과 함께 공동무대를 꾸밀 때가 있습니다. 이때는 서로가 관객이 되어 응원을 해주기도 합니다. 우리 단원이 주축이 되어 진행되는 무대는 동료들 모두가 든든하게 받쳐주니, 부담 없이 신명 나게 공연을 펼칠 수 있습니다.

하지만 다른 예술단이 주축이 되는 행사장의 경우는 그렇지 않습니다. 이런 공연에서는 특히 나이가 어린 단원은 더욱 긴장하고 위축되기 마련입니다. 이럴 때면 저는 관객석이나 무대 뒤에서 우리 단원들에게 힘을 보태기 위해 격려의 응원을 보냅니다. 따스한 시선으로 지켜보고 동작도 신경 써 줍니다.

'네 장점은 이것이다', '네가 제일 잘한다', '너보다 잘하는 사람은 없다'고 말하면서 기운을 북돋고, 용기와 자신감을 넣어줍니다. 그러면 어린 단원들은 훨씬 덜 긴장하고 더욱 신명 나게 놀지요. 후배 단원은 후배이기도 하지만 내 자식이나 다름없으니까요. 우리 예술단 단원들은 모두가 식구니까요.

매년 어버이날과 스승의 날이면 단원들이 제게 꽃바구니를 선물해줍니다. 그럴 때마다 제가 단원들과 한 식구고 스승이 맞구나 하는 생각이 더 듭니다. 감사한 일이지요.

끈끈한 동지애만큼 때로는 깊은 오해도 생깁니다. 오해로 인해서 떠나기도 하지요. 우리 예술단을 떠나 다른, 특히 경쟁 상대의 예술단원이 되면 가슴이 아픕니다. 배신감을 느끼기도 합니다.

하지만 인간사 새옹지마요, 회자정리라고 하지 않습니까! 또 어딘가 혹은 어느 시기에 어떻게 만날지 모르니까요. 헤어질 때는 다음 만남에서 먼저 웃고 먼저 손 내밀 수 있는 사람이 되어야겠지요.

 인생,
그 복잡한
감정의 굴레에서

저는 여유 시간에 잘 놀 줄을 모릅니다. 시간이
나면 사우나나 찜질방이 전부죠. 물론 계절에 따라 나
물을 캐러 가기도 하지만 이것도 자주 할 수 있는 건
아닙니다. 그저 소소한 것들을 하면서 가끔 주어지는
여유를 보냅니다. 누군가 제게 사는 재미를 모른다고
핀잔을 줘도 '아니다'라고 답할 자신이 없습니다. 저
같은 사람이 있을까요?

저는 영화를 보러 가도 20분 이상 앉아 있지 못합니다. 뉴스를 보다 '천만 관객 영화'라는 말을 듣고 '그러면 나도 좀 봐야 하지 않을까' 하는 생각에 영화관에 간 적이 몇 차례 있긴 했습니다. 천만 관객이 본영화니 '재밌겠지' 생각하며 자리에 앉지만, 어느새 저는 피곤해서 잠이 들고 맙니다. 한참을 잘 자고 일어나면 그사이 영화는 끝나가고 있습니다. 두 시간 정도를 아주 푹 자면서 쉰 셈이지요. 배우분들이나 감독님들, 영화관계자님들께는 참으로 송구스럽지만 말입니다.

영화관에서 자는 것! 어쩌다 그러는 게 아니고 사실 거의 늘 그렇다고 해도 과언이 아닙니다. 문제가 좀 있지요?

옛 성인들이나 어르신들께서 '인생은 공수래공수거(空手來空手去)'라 많이 말씀하셨습니다. 재물이나 물욕에 집착하지 말라는 의미도 있으나 그보다는 인생의 허무함과 무상함을 의미하는 말이라고 생각합니다.
인간은 이 세상에 혼자 와서 혼자 가는 것이죠.

가족이 곁에 있고, 부모가 함께 살고, 친구가 가
까이 있어도 자기 인생은 결국 자신 혼자 개척해 나가
는 것이라 생각합니다. 주변인들을 그저 저를 격려하
고 응원하고, 가끔 조언해주는 정도일 뿐이죠.

부모님의 말씀, 가족의 조언, 친구의 충고를 참고
할 수는 있겠지만, 그래도 궁극적인 결정은 혼자 스스
로가 내리게 됩니다. 그래서 인생은 각자가 스스로 제
살길을 찾아야 하고 그 과정에서 외로움을 느끼게 되
는 것이겠지요.

어느 유명인이 '인생은 어차피 불행하다. 그래서
가급적 덜 불행하기 위해 최선을 다해서 산다'는 말을
했습니다. 다소 비관적으로 들리실 수 있으나, 곰곰이
생각해보면 일정 부분 공감이 갑니다. 저도 행복하기

위해 열심히 삽니다. 아니, 관객분들을 행복하게 해주기 위해 삽니다. 하지만 그 내면에는 제가 행복하기도 해 그렇게 사는 것입니다.

그렇지만 간혹 주어지는 여유의 시간에는 문득문득 외로움이 엄습하기도 합니다. 힘든 공연을 마치고 숙소에 들어와 혼자 누워 있다 보면 갑자기 '훅' 하고 올라오는 것이 있습니다. 그럴 때면 벌떡 일어나지요. 가슴 한편에서 평소와는 다른 복합적인 감정이 치솟습니다.

'내가 왜 남 앞에서 즐겁지도 않은데 웃으면서 이런 일을 하고 있지? 부모님께 효도도 못 하고 형제지간에 얼굴도 자주 못 보고, 가족 친지 간의 대소사에도 못 가는데…. 나에 대한 주변의 기대가 부담스럽고 버겁다'.

이런 생각들이 울컥 올라올 때면 공허함과 무상함, 허무함이 순식간에 밀물처럼 밀려듭니다. 갑자기

우울해지고 두려운 마음에 이런 날은 잠이 쉬이 오지
않습니다.

　어떤 분이 그러시더군요. 미친 듯이 공연했던 그
자리를 이튿날 가보니 너무 휑하고 쓸쓸하더라고요.
그래서 그 자리에 털썩 주저앉아서 펑펑 울었다고 하
십니다.
　저도 그 마음을 이해합니다. 화려함 뒤의 초라함
과 공허함 같은 것이죠. 화려한 직업을 가진 사람들 대
부분이 느끼실 겁니다. 더군다나 그것이 내가 올랐던
무대의 흔적이라면 더더욱 그럴 수밖에 없겠지요.

부모님 같은
어른들을
만나며

'사량도'에 가보셨나요? 행정구역상으로 통영시
에 속하는 사량도는 남해 한려해상국립공원 중간에
있는 섬입니다. 윗섬과 아랫섬, 수우도의 이렇게 세 개
섬으로 이루어져 있고, 특히 사량도의 최고봉인 '지리
산'은 지리산이 보인다고 해서 '지리망산'이라고도 불
리기도 합니다. 여행 좀 한다시거나 등산하시는 분 중
에는 가보신 분들이 계실 겁니다.

각설이, 품바 공연은 축제나 지역 행사장에서의 공연이 대부분이지만 가끔은 개인적으로 초대를 받기도 합니다. 유튜브나 저희 카페를 통해서 혹은 아는 지인 추천으로 어르신들 모시는 마을행사나 부모님 칠순에 불러주시는 것이지요. 그런 공연을 갈 때면 부모님 생각이 아주 많이 납니다. 어르신들을 뵈면 마치 제 부모님 같지요.

사량도의 한 마을에서 어르신들 모시고 어버이날 겸 잔치가 있다며 단원들 모두가 아닌 '각설이 고하자'를 개인적으로 초대하셨습니다. 그래서 가벼운 마음으로 사량도행 배편에 몸을 실었습니다.

개인적으로 여행이란 것을 할 기회가 없다 보니 이렇게 초대받아 가는 길이면 '여행'이라 할 수 있지요. 푸른 바다, 그리고 저 멀리 둥둥 떠 있는 섬들. 남해의 아기자기한 장관이 어찌 그리 멋지던지요. 오랜만

의 바다 구경에 넋을 놓고 있었는데, 그것도 잠시. 채
한 시간이 안 되어 사량도에 도착했습니다.

사량도라는 이름이 참 예쁘면서도 개성이 있다
생각했는데, 어르신들께 여쭤보니 뱀이 많아서 지어
진 이름이라고 하시더군요. 뱀이 너무 많아서 다리를
놓을 정도였다고 말씀하시는데 몸이 움찔했습니다. 또
한, 섬의 모양이 뱀처럼 기다랗게 생겨 그렇게 불렀다
는 분도 계시고요. 지금은 물론 뱀이 없답니다. 뱀보다
는 멧돼지가 더 많아 멧돼지를 잡으면 포상금을 줄 정
도로 많다고 한탄을 하셨습니다.

사량도에는 나이 지긋한 부모님 연세의 어르신
들이 많이 살고 계셨습니다. 저희가 도착하자 50~60
분의 어르신들이 이미 마을 회관에 모여 계셨습니다.
언제나 그렇듯이 최선을 다해 춤과 노래를 선보이며
안아드렸습니다.

나이가 들면 다시 아이가 된다는 말이 있습니다. 정말 그런 듯합니다. 어르신 한 분 한 분이 아이처럼 정말 순수하고 애처로운 눈빛으로 저를 바라보고 계셨습니다. 왠지 모를 '간절함'도 느껴지더군요.

제가 온몸이 흠뻑 젖도록 노래하고 춤을 추니 그게 그렇게 안쓰러우셨는지 부르던 노래가 한 타임 끝나자 한 어르신이 일어나서는 수고했다며 주섬주섬 쌈짓돈을 꺼내 제 손에 쥐여주시는 게 아니겠어요? 그러자 다른 어르신들도 일어나셔서 제게 돈을 주시려고 줄을 서시는 겁니다.

'수고했다', '고생했다'고 말씀하시며, 어깨를 토닥거려주시기도 하고 땀을 닦아주시기도 했습니다.

갑자기 울컥했습니다. 그저 내 부모님 뵌 것 같아서, 내 부모님 기쁘게 해드린다 생각하고 즐겁게 놀아드린 것뿐이었는데 오히려 어르신들 눈엔 땀 흘리는 제가 안쓰러워 보이셨던 모양입니다. 냉정하게 말하면 저로서는 이 일을 하면서 돈을 버는 것인데 저에게 한없이 고마워하시니 몸 둘 바를 모르겠더라고요.

마침 어버이날이라서 친정엄마 생각도 간절했던 사량도 공연! 친자식 대하듯 따스하게 말씀하시는 사량도 어르신들을 뵈면서 '정말 순수하시고 감사한 분들이시다' 하는 생각을 떨칠 수 없었습니다.

'배움'이라는 인생 친구

어느 날 텔레비전에 나온 유명한 교수님께서 '인생은 평생이 배움이다'라고 말씀을 하셨습니다. 문득 들으면서 누구나 할 수 있는 평범한 말 같지만 진리요, 명언이라는 생각이 들었습니다. 덧붙여 '같이 공부하면서 같이 나이 들어가는 친구가 가장 좋은 인생 친구'라는 말씀도 하셨습니다. 그 순간 제 가슴 한 곳이 저렸습니다.

배움에 끝이 어디 있겠습니까? 늦깎이로 시작한 저는 한동안은 공연하면서 매일매일 배워야 했습니다. 그 누구보다도 열심히 배웠다고 감히 장담할 수 있습니다. 밤이고 낮이고, 짬이 생기면 늘 반복하면서 익히고 또 익혔지요. 그 덕분에 남들보다 빨리 그리고 여자 각설이로는 최고로 인정을 받게 되었습니다.

어떤 각설이 여자 후배는 '각설이 세계에서 여자도 일인자가 될 수 있다는 것을 몸소 보여준 사람이 바로 고하자'라며 '여자 각설이의 존재를 각인시켜주고, 그 가능성을 보여주며 여자 각설이의 몸값을 올려놓았다. 정말 고마운 분이시다.'라고 하더군요. 후배 각설이가 저를 이렇게 평가해주니 고마우면서 한편으론 부끄럽기도 했습니다.

성공한 부모의 삶이란 자식이 부모를 인정해줄 때라고 합니다. 사회에서의 성공은 상사의 인정보다는 후배나 부하 직원이 인정해주는 것이 더 뿌듯하지 않나 싶습니다. 후배들의 좋은 평가에 어깨가 무거우면서도 동시에, '내가 그래도 나름 잘 살아온 모양이구나.' 하는 생각이 듭니다.

지켜보는 눈이 많다는 것을 알게되면서부터는 늘 긴장을 늦추지 않으려고 노력합니다. 배움이 필요하면 배우려고 노력합니다. 관객들이 듣고 싶어 하는 노래를 부르기도 하지만 새로운 곡을 익히고 배우기도 합니다. 주변에서 지인들이 추천하는 노래도 듣고 배우려고 노력합니다. 또한, 그날 공연에서 말하고자 하는 내용을 단순한 멘트가 아닌 효율적으로 전달할 수 있는 좋은 가사의 노래가 있다면 이를 엄선해 배우기도 합니다.

무대를 구성할 때면 꾸준히 부르는 애창곡도 필요하지만, 그때그때 새로 나온 곡이나 원곡 가수의 노래를 제 스타일과 음색으로 약간의 편곡을 해 저만의

163

느낌을 살린 곡들도 필요하므로 끊임없이 배우고 연습합니다.

기회가 될 때면 국악 공연도 직접 챙겨서 봅니다. 좋은 국악 공연을 보고 나면 아이디어가 샘솟습니다.

최근 가장 관심 있게 봤던 공연은 〈마당놀이〉입니다. 환상의 콤비인 김성녀 님과 윤문식 님의 공연은 잊을 수가 없지요.

우리 가락은 어쩌면 이리도 가슴에 와 닿는지요. 영화관에서 영화를 볼 때는 금세 잠들고 마는 제가 마당놀이를 볼 때면 장면 하나하나가 휙휙 지나가는 것이 너무 아깝고, 그 가락은 또 어찌 그리 흥겨운지. 마당극을 주도적으로 이끌어가는 모습, 관객을 사로잡는 멘트들로 눈은 어디 먼저 봐야 하고, 귀는 뭘 더 들어야 하는지 눈과 귀가 쉴 새 없이 바쁩니다.

공연을 보면서 관객들의 반응이 뜨거웠던 장단

이나 가락은 직접 시도해봅니다. 저만의 스타일을 가미해서 말이죠. 마당놀이의 대스타에 견줄 바는 아니지만 저는 저만의 스타일로 각설이 무대의 관객들을 만나고 있습니다.

 축제의 꽃

2000년대에 접어들면서 우리나라의 문화 트렌드도 많이 바뀌었습니다. 한류열풍이 그 역할을 톡톡히 했지요. 이런 흐름 속에서 공연문화도 많이 발전했습니다. 공연의 콘텐츠가 다채로워진 것은 물론이고 공연을 즐기는 관객들도 한층 수준이 높아졌지요. 공연 문화가 긍정적으로 바뀌는 추세가 반갑기만 합니다.

하지만 이런 흐름 속에서도 아직도 품바나 각설이는 그다지 대우받지 못하고 있습니다. 가슴 아프지만 어떨 때는 푸대접 받는 경우도 있습니다. 지방 도시 행사들에 초대받아 방문한 사례 중 우리 예술단의 무대라는 장소가 너무 구석진 곳이거나 아예 동떨어진 한적한 장소를 잡아 배정해주는 경우가 그렇습니다. 공연하기가 난해하거나 관객을 끌기 어려운 장소를 배정받을 때면 제대로 된 대우를 받지 못하고 있다는 생각이 듭니다.

축제나 행사장에서 각설이, 품바 무대는 그야말로 꽃입니다. 행사장을 가면 가장 먼저 발길이 어디로 향하나요? 음악 소리가 흥겹게 나는 곳, 시끌벅적한 곳이잖아요. 바로 그런 분위기를 각설이 무대가 만들고 주도합니다. 온종일 축제장을 흥겹게 띄워주고 오가는 관광객이 머물다 갈 수 있도록 음악과 춤, 입담으로 그들의 발을 잡아줍니다. 관객들은 각설이 공연을 보다가 그 주변에 펼쳐진 행사장을 둘러보고 먹고, 마시고, 체험합니다.

이런 역할을 하는 각설이의 공연은 축제의 꽃임에도 불구하고 대우는 그에 미치지 못합니다. 행사나 축제를 주최하는 쪽에서는 각설이 무대가 분위기상 꼭 있어야 한다고 생각하면서도, 트렌드에 맞는 현대식 공연의 비중을 더 높이고 싶어 합니다. 아무래도 각설이 공연을 '시대 지난 옛날 공연'이라고 생각하시는 듯합니다.

어떤 사람들은 축제의 '격'을 높이기 위해 각설이 무대를 올리지 말아야 한다는 모순적인 생각을 하고 있습니다. 우수 축제가 되고, 좋은 콘텐츠를 보이기 위해서는 행사단체나 참가자들이 대학도 나오고 입상자료도 있고, 스펙을 갖춘 일정 수준이 되어야 한다는 사고방식이 깔린 것이죠.

직설적으로 표현해서 '야시장 연예인'인 각설이
들이 축제에 합류하면 축제 수준이 낮아진다'는 사고
방식입니다. 각설이 문화를 하대하고 각설이를 천대하
는 그런 기존의 의식이 남아 있기 때문일 겁니다.

해외에 나가면 그 나라의 문화를 고스란히 느낄
수 있는 시장들이 있습니다. 그런 곳에서는 길거리 공
연도 많지요. 악기를 연주하고 때로는 노래도 하면서
삼삼오오 공연하고 관객들의 팁을 받습니다. 해외의
시장이나 길거리에서 공연하는 사람들과 우리 축제나
야시장의 각설이가 무슨 차이가 있을까요?

저는 유명 가요나 고상한 클래식 연주만이 '대우
받을 문화'라고 생각하지 않습니다. 우리의 전통문화
로서 각설이 공연도 국내뿐만 아니라 외국 관광객들
에게도 충분히 대우받을 자격이 있는, 자랑스러운 공
연 문화 중 하나라고 생각합니다.

물론 프로의식 없이 공연하는 각설이 공연자들도 일부 있습니다. 보다 체계적이고 전문적으로 공부하고 무대를 준비해야 하는데, 그러지 못하는 경우도 많죠. 핑계 같지만 대부분 각설이들이 생계형 예술가로 살다 보니 자신을 위한 투자나 배움은 뒷전이 되는 경우가 많습니다. 이런 생각을 하다 보면 배우지 못한 것에 대한 서운함이 밀려옵니다. 왜 그때 열심히 공부를 못했나, 아니 안 했나 아쉽습니다. 그래서 지금의 위치에서 더 배우고 더 노력하려고 합니다.

　　'각설이 공연'이 공연문화의 한 축으로 누구에게나 제대로 인정받고 대우받기엔 아직 갈 길이 멀다는 것을 잘 압니다. 그래도 축제의 꽃, 야시장의 꽃인 각설이로 당당해질 수 있는 그 날을 위해 저는 계속 노력해 나갈 것입니다.

음지에서 태어난,
세계 속
'각설이' 문화

동서고금을 막론하고 우리나라의 각설이처럼 떠돌면서 노래하고 세상을 풍자하는 전통문화들이 있습니다.

가난하고, 소외된 자들. 지배계급으로부터의 감시와 핍박에 온몸으로 저항하면서 그들만의 의지를 다지고 목소리를 내고자 했고, 이 과정에서 어떤 식으로든 풍자하고 비웃고 질타하고자 했던 것이 춤과 노래에 스며들어 이런 문화들이 만들어졌을 겁니다.

우리가 잘 아는 열정적이고 고혹적인 춤 탱고!
착 달라붙는 붉은 의상에, 혼을 쏟아 넣는 듯한 춤사위
에서 뜨거운 정열이 느껴지는 매혹적인 춤입니다.
탱고의 시발점은 1880년 무렵 아르헨티나 부에
노스아이레스의 빈민층 즉, 하층민들에게서 비롯되었
다고 합니다. 유럽의 스페인, 이탈리아 등을 중심으로
한 하층민들이 아르헨티나로 건너와 부에노스아이레
스의 부두 노동자 일을 하게 되었는데. 이 항구 지역에
형성된 이들의 문화가 춤으로 이어진 것입니다. 초기
의 탱고는 지방의 댄스음악 정도였고 지금 우리가 아
는 탱고의 모습은 1900년 전후에 갖춰진 모습이라고
합니다.

탱고가 세계적인 예술이 된 것은 클래식과 재즈

를 결합해 자신만의 탱고 스타일(Nuevo Tango)을 개발한 아스토르 피아졸라(Astor Piazzolla) 덕분입니다. 그는 탱고에 아르헨티나인의 정서가 뿌리 깊이 담겨 있다는 점을 알고 탱고를 쉽고 대중적이면서 세계적인 예술로 만드는 일에 인생을 걸었습니다. 탱고가 인정받지 못한 불모지 상태일 때 무대 위에 올려지는 스테이지 탱고를 개척하고 지지했으며, 탱고에 클래식 음악과 재즈를 접목하는 실험적인 시도를 통해 지금의 클래식 반열에까지 올려놓은 것입니다.

하층민들의 문화에서 현대에는 그 가치와 위상이 높아져 클래식 콘서트의 한 레퍼토리로 등장할 수 있었던 것은 피아졸라같이 탱고를 사랑하는 음악인들의 평생에 걸친 노력이 있었기 때문은 아닐까 싶습니다.

어두운 그림자에서 태어난 또 하나의 음악은 스

페인의 플라멩코를 꼽을 수 있습니다. 역사적으로 거슬러 올라가면 3000년 전이라고 하는데, 지금 우리가 알고 있는 플라멩코의 기원은 15세기, 지금의 스페인 남부 안달루시아 지방에서 시작되었다고 합니다.

유랑 생활을 하는 집시들에게 '유랑생활금지령'이 내려지면서 박해와 멸시를 받게 되었고 피신처로 정착한 곳이 안달루시아 지방의 동굴이었다고 합니다. 이 동굴에 살면서 그들만의 삶과 생활의 아픔을 노래와 춤으로 표출했던 것이죠.

한 곳에 뿌리내리지 못하고 누구에게도 환영받지 못하는 삶. 지역사회에 동화되지 못하고, 박해받는 삶! 차별과 억압, 분노, 비참한 삶에서 오는 서글픔을 음악과 춤으로 표출한 것이 바로 플라멩코입니다.

기타와 춤, 노래로 구성된 플라멩코는 집시들의 가족 모임이나 사적인 모임들에서 그들끼리 즐기던 자기들만의 의식이요, 문화였습니다. 집시들의 민족예술이라고 할 수 있죠. 이후 19세기에 접어들면서 밖으로 알려지기 시작했습니다.

그늘에서 태어난 음악, 노래, 그리고 춤! 어쩌면 탱고와 플라멩코와 각설이, 품바의 뒷모습은 어딘가 모르게 닮았다는 생각이 듭니다. 그래서 더 뜨겁고 더 열정적이고 더 절실하게 우리에게 다가오는 것인지도 모르겠습니다.

사물놀이
그리고
각설이 품바

　한류 바람? 아니 이제는 굳이 '한류'라고 지칭하지 않아도 될 정도로 우리나라의 문화는 말 그대로 세계 문화의 주류가 되었습니다.

　우리 전통문화 속에서의 한류라 하면 태권도와 사물놀이를 빼놓을 수 없을 것입니다. 어쩌면 한류라는 흐름이 있기 전부터 태권도와 사물놀이는 세계적인 무대에서 늘 '대한민국'의 대표 얼굴로 자리매김했다고 해도 과언이 아니니까요.

　하지만 지금의 사물놀이는 우리의 전통 본류는 아니었습니다. 농악에서 연주되었던 한 부분이었다고 하는 것이 올바른 해석일 것입니다. 원래 '사물'이란 불교 의식에서 사용되던 악기를 뜻하는 말로, 법고(法鼓), 운판(雲板), 목어(木魚), 종(鐘)을 칭해 사물(四物)이라고 했습니다. 이후 불교의식의 반주로 쓰이는 태평소, 징, 북, 목탁을 사물이라고 부르다 다시 꽹과리, 징, 장구, 북으로 전용되어 농악에 주로 쓰였고 이후 오늘에 이르렀다고 전해집니다.

　'사물놀이'라고 지칭하게 된 것은 1978년 2월 21일 공간 사랑 소극장에서 처음 연주되면서부터입니다. 당시 사물놀이를 연주하였던 분들은 김덕수, 김용배, 이광수, 최종식이었지요. '원사물놀이패'로 불리는 이분들이 사물놀이를 세계 문화의 반열에 당당히 올려놓았습니다.

큰 변화라고 하면, 야외 마당에서 벌어지는 농악의 사물놀이를 실내, 아니 무대에서 즐길 수 있는 무대용 음악에 알맞게 '무대예술'로의 변화를 꾀한 것이죠.

사물놀이는 악기 연주 자체에서 느낄 수 있는 감동을 강조한 공연입니다. 4가지 악기가 다양한 장단을 연주하며 긴장과 이완을 반복하며, 그 전개방식은 기경결해(시작, 진행, 절정, 마무리)로 구성되어 펼쳐집니다.

농악의 생동하는 음악성과 치밀한 연주 기교는 관객들이 사물놀이의 흥겨운 장단과 가락에 몰입하게 하며 엄청난 반향을 일으켰습니다. 해외 연주활동을 통하여 국제적인 명성을 얻기도 했지요.

그 명성에 힘입어 사물놀이 단독연주뿐만 아니라 무용 반주, 서양 오케스트라와 협연, 재즈와 협연 등 여러 가지로 응용되어 무대에 올려지기도 하였습니다.

사물놀이는 이렇게 동서양 음악계에 커다란 영향을 주었고, 특히 타악기 전공자들에게 준 영향은 타악기의 활성화에 크게 공헌하였다는 평가를 받고 있습니다.

사람들에게 희열을 안겨주는 흥겨운 장단과 가락의 사물놀이처럼 각설이, 품바의 퍼포먼스 또한 그렇습니다. 사물놀이와 비슷한 시기인 1981년 말, 무대에 올려졌던 '품바'는 어떤가요?

한때는 5000회가 넘는 공연 기록으로 기네스북에 기록될 만큼 공연 문화로 자리 잡았던 품바. 사물놀이 못지않은 대중적인 사랑을 받으면서 시대의 아픔을 작품에 녹여냈던 품바! 하지만 아쉽게도 지금은 그 자취를 찾아보기가 어려워졌습니다. 우리의 소리와 우리의 장단, 우리의 울림은 영원했으면 하지만 품바는 그 본질을 잃고 사라져 가고 있는 듯합니다. 대중문화

라는 것이 시대의 흐름 속에서 생겨나고 사라진다지
만 안타까울 따름입니다.

2000년에 충북 음성에서 품바 축제가 개최된 적
있습니다. 이 축제가 품바에 대해 알리는 데 큰 영향을
주진 못했지만, 품바나 각설이로 특화된 축제라는 점
에서 나름의 의미가 있었다고 봅니다.

2010년 즈음엔 각설이, 품바 공연은 국악 무대
에도 올랐었고, 전주 대사습놀이대회의 개막공연으로
도 펼쳐진 바도 있으나 이후에는 그 자취를 찾기 어려
워졌습니다.

사그라져 가는 각설이, 품바 문화를 곁에서 지켜
볼 때면 그 맥이 끊어지지 않게 하고 싶은 마음이 더
간절해집니다. 시대에 맞게 그리고 정통성은 유지하면
서 그렇게 각설이, 품바가 다시 옛 명성을 되찾기를 고
대해봅니다.

 후배들을
위해

　점점 젊어지는 각설이들이 가족의 격려와 후원
속에서 행복하고 즐겁게, 늘 새로운 것을 추구하며 이
일을 진정으로 즐기며 일하는 모습을 보면 저희 때와
는 다르구나 하는 생각이 듭니다.

　옛날에는 선배 각설이들의 말에 후배들은 자신
의 생각을 펼칠 수가 없었습니다. 눈 밖에 나면 큰일
난다고 생각했기에 감히 거스를 수 없었지요. 하지만

요즘 후배들은 의견도 많이 내놓고 먼저 새로운 것을 선보이려고 노력합니다. 선배들은 또한 그 모습을 높이 평가하지요.

의상만 해도 그렇습니다. 저는 망설여지는 패션이지만 후배들은 과감히 그리고 세련미 넘치게 입습니다. 우리의 전통적인 가락에 맞춰서 전통 악기도 다루고 퍼포먼스도 아이돌 못지않게 구성합니다. 후배들은 드럼과 색소폰도 배워서 연주하기도 하는데, 전통적인 국악 장단에 맞게 퓨전화합니다. 어쩜 그리도 잘하는지 대견하기도 하고 부럽기도 합니다.

전통이라고 해서 모두가 좋은 것만은 아닙니다. 무조건 전통을 고집할 필요는 없습니다. 전통을 알고 이어갈 부분은 이어가고 새롭게 변화해야 할 것은 과감하게 변화를 추구해야 합니다.

저는 후배들을 믿습니다. 저보다 앞선 선배 각설

이들의 세상은 주변 인식과 환경이 열악했습니다. 아직은 과도기이긴 하지만 역량이 뛰어난 후배들이 열정을 다해 노력해나가고 있는 만큼 앞으로의 각설이, 품바를 펼칠 수 있는 환경은 점점 더 좋아질 것이라고 봅니다. 후배들이 만들어나갈 각설이 문화와 한류로서 각설이, 품바의 위상이 확립될 그 날이 벌써 기대됩니다.

어느
각설이의 꿈

　　각설이, 품바만의 무대로 꾸며지는 '각설이패' 공연장! 그리고 관객들에게 하나의 문화로 대우받는 그날, 언제쯤일까요?

　　각설이의 장단과 장타령, 각설이 타령 등을 연구하신 어떤 교수님의 논문에는 각설이는 단순한 구걸 집단이 아니라고 거듭 강조되어 있더군요. 더불어 각설이의 탄생 배경을 언급하시면서 전국적인 통신망이었을 것이라고 설명하십니다.

'전국적인 통신망'이란 어떤 의미일까요?

지금처럼 모두가 휴대전화로 세계 각국에서 쏟아지는 뉴스들을 손쉽게 접하지 못했던 그 옛날, 세상 돌아가는 이야기의 상당수는 저잣거리나 장터에서 오갔을 것입니다. 장터를 오가면서 이 고장 저 고장의 얘기들을 또 다른 고장으로 전파할 수 있는 사람은 바로 장터의 각설이들이었습니다.

이 논문에 따르면, 장터의 각설이들은 전국 곳곳을 유랑하며 각 지역의 사는 형편을 파악할 수 있는 일종의 '뉴스전달자' 역할을 했고, 더 나아가 각설이 타령에 그늘진 국가에 대한 반항과 인간적인 고독과 울분을 노래로 승화시켜 당대 현실을 민중들에게 전했다고 합니다.

각설이패는 민중들에게 저항의 노래를 회자시켜

서 사회적으로 선동할 가능성까지도 갖추었던 집단으로, 향가 '서동요'의 서동 설화에 비유하면서 각설이패들의 집단적인 힘과 그 의미를 아주 멋있게 해석되어 있습니다.

오늘날의 각설이들은 그런 역할을 하기 쉽지 않고 하지도 않습니다. 그렇다면 지금의 각설이는 어떤 모습을 갖춰야 할까요?

저는 본래의 의미를 살리면서도 현재의 문화가 적당히 가미된 '문화패 각설이'를 제안해봅니다. 야시장이나 축제에서 만나는 각설이에서 더 발전하여 하나의 전통 문화패로서 자리매김하였으면 하는 바람입니다.

각종 퍼포먼스를 결합한 지금의 각설이는 언뜻 보면 시대의 흐름에 맞춘 흥겨움은 느낄 수 있지만 장구, 북, 꽹과리 등을 연주하는 사물놀이 같기도 하고,

드럼, 일렉트로닉 기타, 색소폰 등의 연주까지 과하게 가미되면 '각설이' 본래의 의미와 역할이 무엇인지 헷갈릴 때가 있습니다.

멋들어진 퍼포먼스도, 다양한 시도의 공연도 좋지만 제가 생각하는 '각설이'는 본연의 입담으로 관객들과 소통하는 것이 중요하다고 봅니다.

관객 한 분 한 분과 얘기 나누는 공연을 하고 싶습니다. 제가 드리면 관객이 받고, 관객이 주시면 제가 받고, 빙 둘러앉아 잔잔하게 내 주변에서 일어나는 이야기들을 무대에서 나누면서 때론 웃고 때론 울면서 소통하는 공연을 하고 싶습니다.

자그마한 공연장이라도, 일 년에 두세 차례라도 제대로 '문화패 각설이' 공연을 해보고 싶습니다. 상행위하지 않고 당당하게 공연비를 받으면서 말입니다. 물론 그러기 위해서는 각설이들이 열심히 공부하고 준비해야 할 것입니다.

지금은 꿈이지만 나중에 후배들은, 아니 한 세대가 지나고 두 세대가 지나서라도 그런 날이 오면 좋겠습니다.

언젠가는 그런 날이 꼭 오겠지요?